Holly Martin

Küss mich noch ein erstes Mal

Buch

Die junge Annie Butterworth führt Willow Cottage an der idyllischen englischen Küste mit viel Liebe – für ihre Gäste hat sie immer eine Tasse Tee, ein paar Kekse oder ein offenes Ohr. Annies Leben scheint perfekt – doch sie ist mit ihren Ende Zwanzig schon Witwe, und seit dem Tod ihres Mannes konnte sie sich nicht mehr verlieben. Bis Ollie wieder in das kleine Städtchen kommt. Er ist ein Kindheitsfreund Annies, der Bruder ihres verstorbenen Mannes – und er gab Annie ihren ersten Kuss …

Autor

Holly Martin hat schon in diversen Jobs gearbeitet – als Rezeptionistin in einem Hotel, in einer Bank und als Lehrerin, doch ihre wahre Leidenschaft galt immer dem Schreiben von romantischen Komödien. Nun hat Holly Martin es geschafft, ihr Hobby zum Beruf zu machen: In ihrem Haus mit den runden Fenstern in Bedfordshire widmet sie sich nun genau dem, was ihr am meisten Spaß macht.

Außerdem von Holly Martin bei Blanvalet lieferbar:
Wenn du mich fragst, sag ich für immer

Holly Martin

Küss mich noch ein erstes Mal

Roman

Aus dem Englischen
von Claudia Geng

blanvalet

Die Originalausgabe erschien 2014 unter dem Titel
»The Guestbook« bei Carina Press, New York.

FSC
www.fsc.org
MIX
Papier aus verantwortungsvollen Quellen
FSC® C014496

Verlagsgruppe Random House FSC® N001967

Zweite Auflage

Dieses Werk wurde vermittelt durch die Literarische Agentur
Thomas Schlück GmbH, 30827 Garbsen
Umschlaggestaltung: www.buerosued.de
Umschlagabbildung: living4media/Greenhaus Press
Redaktion: Angela Kuepper
Herstellung: sam
Satz: Buch-Werkstatt GmbH, Bad Aibling
Druck und Einband: GGP Media GmbH, Pößneck
Printed in Germany
ISBN: 978-3-7341-0293-6

www.blanvalet.de

Für meine Mutter

Liebe Gäste,

willkommen im Willow Cottage, ich hoffe, Sie genießen Ihren Aufenthalt. Ich wohne gleich nebenan – wenn Sie irgendetwas brauchen, zögern Sie nicht, sich an mich zu wenden.

Vielleicht möchten Sie dieses Gästebuch nutzen, um Ihren Aufenthalt zu dokumentieren und uns zu erzählen, wo Sie überall waren und was Sie unternommen haben. Vielleicht möchten Sie hilfreiche Tipps für andere Gäste hinterlassen oder auch nur einen kurzen Kommentar am Ende Ihres Aufenthalts, um mir zu sagen, wie es Ihnen im Willow Cottage gefallen hat.

Ich komme jeden Dienstag vorbei und bringe Ihnen frische Handtücher. Sollten Sie außerdem etwas benötigen, können Sie es gern in das Gästebuch schreiben, und ich werde mich darum kümmern.

Annie Butterworth

MÄRZ 2014

1. bis 8. März

Samstag

Herzlichen Dank für die Blumen und den Champagner, was für eine nette Überraschung. Das Cottage ist wunderschön, und Chalk Hill ist wirklich ein entzückendes Dorf. Ich freue mich sehr, hier zu sein. Mein Mann und ich sind auf Hochzeitsreise, sieben lange, herrliche Tage in trauter Zweisamkeit. Gestern habe ich meinen besten Freund geheiratet. Ich bin wirklich die glücklichste Frau der Welt.

Jake, mein hinreißender Ehemann, sagt, dass wir hier die Möglichkeit haben, lange Strandspaziergänge zu machen und die Schönheit der Norfolk Broads zu erkunden. Ich persönlich denke ja, dass wir das Haus nicht oft verlassen werden. Wir sind nun schon seit sechs Stunden hier und haben im Prinzip nur das Schlafzimmer gesehen! Heute Abend bestellen wir uns etwas zu essen, ein weiterer Vorwand, um im Bett zu bleiben.

Darf ich einfach für das Protokoll hinzufügen, damit es schwarz auf weiß geschrieben steht: Ich liebe meinen Mann *bis zum Wahnsinn*. Er wird das Gästebuch nicht lesen, darum habe ich nichts zu befürchten.

Mrs. Rosie Hamilton (Mrs. Hamilton! Ich glaube nicht, dass ich jemals genug davon bekommen werde!)

Sonntag

Ich bin unsterblich verliebt, habe ich das bereits erwähnt? Ich kann nicht aufhören, auf meinen Ehering zu starren. Ich habe das alles noch gar nicht richtig realisiert. Ich bin jetzt verheiratet! Noch dazu mit dem wunderbarsten Mann der Welt! Jake hat mich letzte Nacht dabei ertappt, dass ich ihn im Schlaf beobachtete. Jetzt denkt er bestimmt, dass er eine Verrückte geheiratet hat. Tja, nun gibt es für ihn kein Entkommen mehr.

Wir haben es heute tatsächlich an den Strand geschafft. Die Dünen sind traumhaft. Wir haben ein Picknick gemacht, und wir sind sogar kurz ins Meer gehüpft.

Rosie

Wie kommst du darauf, dass ich das Gästebuch nicht lese? Was du nicht realisierst, ist, dass auch ich unsterblich in dich verliebt bin, obwohl du schnarchst.

Jake Hamilton (Ehemann von Chefschnarcherin)

Ich schnarche nicht.

Rosie

Tust du wohl.

Jake

Montag

Annie Butterworth, da brat mir einer einen Storch! Unter diesem Namen habe ich mir eine grauhaarige alte Omi mit einer Halbbrille vorgestellt, die uns mit einem selbst gebackenen Lemon Drizzle Cake verwöhnt, aber ganz sicher nicht eine so junge und hübsche Frau. Jake hielt Sie zuerst für einen Geist, als er Sie in Ihrem langen weißen Kleid und mit Ihren dramatisch wehenden blonden Haaren durch den Garten laufen sah. Das war ein ziemlich gelungener Auftritt.

Es war schön vorhin, mit Ihnen zu plaudern. Wo ist Mr. Butterworth? Sie beide müssen unbedingt mal zum Abendessen zu uns rüberkommen.

Liebe Grüße,

Rosie

Da Rosie dieses Gästebuch als ihr persönliches Nachrichtenbrett benutzt, darf ich wohl erzählen, dass wir uns heute ein Boot ausgeliehen haben. Es als ein »Speed Boat« zu bezeichnen wäre zu viel des Guten; es handelte sich um ein einfaches Ruderboot mit einem Außenbordmotor. Obwohl man das kaum einen

Motor nennen konnte. Das Ding machte einen Höllenlärm und brachte uns nur im Schneckentempo voran. Ich habe schon lange nicht mehr so gelacht.

Wir landeten schließlich auf einem großen See und verfütterten unser restliches Picknick an die Schwäne. Danach sprang der Außenborder nicht mehr an, und ohne Ruder waren wir vollkommen aufgeschmissen.

Glücklicherweise kam ein nettes deutsches Paar zu unserer Rettung und schleppte uns zurück an die Uferstelle, wo wir unseren Wagen geparkt hatten. Das Paar sprach kein Wort Englisch, oder zumindest war es nicht dazu bereit. Obwohl man nicht zwingend Deutsch können musste, um zu ahnen, dass die beiden sich die ganze Zeit über uns lustig machten.
Jake

Dienstag

Hallo, Rosie, ich fand es auch schön, mit Ihnen zu plaudern. Ich kann Ihnen gern einen Lemon Drizzle Cake backen und vorbeibringen, wenn Sie das von mir erwartet haben. Ich habe zwar keine Halbbrille, aber ich kann zur Not meine Lesebrille aufsetzen. Was den Geist betrifft: In den Theateraufführungen an der Schule wurde ich immer als Engel besetzt. Einen Geist zu spielen wäre viel aufregender gewesen.

Mr. Butterworth – ha! Nick hätte es gehasst, so genannt zu werden – ist vor zwei Jahren gestorben, darum kann er nicht an unserem Dinner teilnehmen.

Falls das Wetter so bleibt, wie wäre es, wenn Sie beide morgen Abend zu mir in den Garten kommen und wir lecker grillen?

Geben Sie mir Bescheid, wenn Sie frische Eier haben möchten. Suzie und Doris, meine Hühner, legen so fleißig, dass ich mit dem Einsammeln kaum hinterherkomme.

Annie

Annie, es tut mir schrecklich leid, ich sollte wirklich meinen Verstand einschalten, bevor ich den Mund aufmache. Ich bin so eine indiskrete Kuh. Ich habe einfach angenommen, dass, wenn Sie Mrs. Butterworth sind, es auch einen Mr. Butterworth gibt. Entschuldigen Sie bitte.

Rosie

Rosie, ich habe gerade Jake getroffen. Er bat mich um frische Eier, also habe ich Ihnen ein paar in den Kühlschrank gelegt. Machen Sie sich bitte keine Gedanken wegen Mr. Butterworth. Ich bin nicht im Geringsten aufgebracht oder gekränkt, weil Sie nach ihm gefragt haben. Es ist inzwischen zwei Jahre her, und obwohl ich ihn immer noch schrecklich vermisse, stört es mich wirklich nicht, über ihn zu reden.

Annie

Annie, wir kommen morgen Abend sehr gern zum Grillen. Wir werden tagsüber einen Bootsausflug zum Blakeney Point machen und uns die Robben ansehen, und anschließend fahren wir ein Stück die Küste entlang. Ich denke, wir werden gegen sieben Uhr zurück sein. Wir bringen Frikadellen und Hähnchen mit, vorausgesetzt, Suzie und Doris haben nichts dagegen.

Jake

Mittwoch

Wir waren heute draußen bei den Robben. Es war fantastisch, wir kamen der Kolonie so nah. Jake hat ein paar großartige Aufnahmen gemacht, er kann einfach gut mit der Kamera umgehen. Eine Menge Robben schwammen um unser Boot herum, genauso neugierig auf uns wie wir auf sie. Gleich gehen wir zu Annie rüber in den Garten, hoffentlich verbrenne ich mir nicht wieder den Mund.

Rosie

Als ich heute sah, wie begeistert Rosie von den Robben war, habe ich, glaube ich, mich noch ein bisschen mehr in meine Frau verliebt.

Jake

Donnerstag

Mir brummt der Schädel.

Annie gehört sicher zu den reizendsten Menschen, denen ich je in meinem Leben begegnet bin. Ich kam den ganzen Abend nicht aus dem Lachen heraus. Dabei wirkt sie in ihrem hübschen Blümchenkleid und den breiten Gesundheitslatschen so süß und unschuldig, als würde sie jeden Sonntag die Messe besuchen und wahrscheinlich auch im Kirchenchor singen. Folglich war es zunächst wie ein kleiner Schock, dass sie so derbe und manchmal sogar obszöne Geschichten zum Besten geben kann.

Wir haben wohl mindestens zwei Flaschen Wein zusammen getrunken und zu viele Flaschen Cider, um sie zu zählen. Der Cider war sehr stark, irgendeine obskure lokale Variante, nehme ich an. Als der Abend sich dem Ende zuneigte, war Jake voll wie ein Eimer, und ich war sogar noch voller. Annie dagegen wirkte frisch und munter.

Ob ich mir den Mund verbrannt habe? Ja, bestimmt rund hundertmal. Ich kam mir vor wie John Cleese in *Fawlty Towers,* als die Deutschen kamen: »Was auch immer ihr tut, erwähnt bloß nicht den Krieg.« Ich konnte mich einfach nicht bremsen und fing immer wieder von Annies Mann an, vom Tod und von Begräbnissen. Glücklicherweise nahm Annie es mit Humor.

Rosie

Ich war nicht voll wie ein Eimer, zumindest habe ich heute Morgen nicht in meinen Schuh gekotzt. Toller Abend, Annie, danke für den sagenhaften Cider, wir müssen unbedingt ein paar Flaschen davon auftreiben, bevor wir abreisen.

Jake

Ich habe nur kurz bei euch vorbeigeschaut, um im Bad die Glühbirne zu wechseln. Nach dieser glanzlosen Beschreibung werde ich definitiv meinen Kleiderstil ändern ;-). Ich gehe übrigens nie in die Kirche, außer zu Hochzeiten, Taufen und Trauerfeiern. O nein, ich habe das Tabuthema erwähnt! Außerdem kann ich euch versichern, dass ich heute Morgen nicht frisch und munter war, meine Zunge fühlte sich trockener an als Gandhis Sandalen. Ich werde euch ein paar Flaschen von dem Cider besorgen, die könnt ihr dann mitnehmen.

Annie

Freitag

Gestern haben wir unseren exzessiven Kater auskuriert und den Tag mit unserer jeweiligen Lektüre im Garten verbracht. Jake setzt zum Lesen immer seine große Brille auf, er denkt, damit würde er schlau wirken, aber tatsächlich sieht er eher aus wie ein Nerd. Allerdings wie ein liebenswerter Nerd. Er las einen dicken Wälzer über Geheimcodes im Zweiten Weltkrieg. Streber! Heute machen wir wieder einen Strandtag. Wells-next-the-Sea ist wirklich der reizendste Ort der Welt, und der Strand ist spektakulär.

Rosie

Streber? Nerd? Was fällt dir ein? Außerdem denke ich nicht, dass ich bloß schlau wirke, ich weiß, dass ich schlau bin. Ganz abgesehen davon, dass ich viermal über meinem dicken Wälzer eingenickt bin. Das waren die Nachwehen des Alkoholrauschs. Sei's drum, was hast du gelesen, den dritten Teil von *Fifty Shades of Grey,* richtig? Wie pervers.

Jake

Damit du es weißt, die *Shades-of-Grey*-Trilogie ist sehr spannend zu lesen. Und ja, du bist ein absoluter Streber und ein Nerd, aber ich liebe dich trotzdem.

Rosie

Samstag

Annie, wir hatten hier eine wunderbare Zeit, und wir beabsichtigen, bald wiederzukommen. Wir wohnen nicht so weit entfernt, darum werden wir das eine oder andere Wochenende vorbeischauen, wenn das Cottage frei ist.

Rosie

Ja, ich wollte eigentlich nur eine ruhige Woche verbringen nach dem ganzen Stress mit der Hochzeit, aber wir werden definitiv wiederkommen. Das Cottage ist traumhaft. Herzlichen Dank für alles, wir haben uns hier unheimlich wohlgefühlt.

Jake Hamilton

8. bis 14. März

Samstag

Ich bin hier, um jemanden zu töten, und ich werde nicht eher gehen, bis ich es vollbracht habe.

Oliver ~~Butterworth~~

Sonntag

Ich überlege gerade, ob ich eine Sense nehmen soll, mit einer Sägezahnklinge. Obwohl, ich möchte nicht, dass mein Opfer zu schnell stirbt, es soll einen langsamen und qualvollen Tod sterben, einen blutigen Tod. Ich möchte sehen, wie das Blut aus dem Körper quillt, wie die Lebenskraft nach und nach erlischt. Ich möchte, dass das Opfer um Erlösung fleht. Ich möchte, dass die taffe, harte Fassade in den letzten bemitleidenswerten Minuten dieses erbärmlichen Lebens bröckelt und einstürzt. Ich möchte das Opfer weinen sehen.

Meine ausgeklügelten Pläne funktionieren alle nicht. So trickreich ich auch vorgehe, um mein Opfer zu erwischen, so trickreich ist es darin, mir zu entwischen. Ich empfinde beinahe Respekt. Beinahe.

Oliver ~~Butterworth~~

Oh Olly, du bringst mich zum Lachen. Es ist schön, dass du wieder da bist. Dir ist aber schon bewusst, wie deine Kommentare wirken, oder ist das Absicht? Die Polizei wird mich ins Verhör nehmen, weil ich einen Verbrecher beherbergt habe. Falls sie mich holen kommen, werde ich dich mit reinziehen. Es gibt nämlich keine Ganovenehre.

Annie x

Vorsicht, Annie, oder ich muss dich vielleicht umbringen.

Olly

Oh bitte, tu das, ich bitte dich schon seit Jahren, mich kaltzumachen. Je blutiger und grausamer, desto besser. Könntest du mir den Kopf abhacken und die Eingeweide herausreißen? Könntest du mir die Augen ausstechen und sie als ein Andenken mit dir herumtragen? Du kannst sie auch in die Box zu den anderen Augen packen. Ach, und könntest du mit meinem Blut eine Botschaft an die Wand schmieren? Als Punkt könntest du ein Stück meines Gehirns verwenden. Das würde mir sehr gefallen.

Annie

Das glaub ich dir gern, du Irre. Und nun lass mich in Frieden. Ich bin hierhergekommen, um Ruhe und Einsamkeit zu finden, und nicht, um alle fünf Minuten von der zwielichtigen Vermieterin aus dem Nachbarhaus gestört zu werden. Wenn du mich weiterhin belästigst, ziehe ich ernsthaft in Erwägung, dir das Herz herauszureißen, und dann lasse ich dich zusehen, wie es in meinen blutigen Händen schwach schlägt.

Olly

Versprechungen, Versprechungen. Komm heute Abend zum Essen rüber, statt dich die ganze Woche einzuigeln. Ich habe dich vermisst. Wenn du meine Einladung annimmst, verspreche ich dir, dass ich mindestens einen Tag lang still und brav sein werde.

Annie

Okay, das reicht, mach dich auf was gefasst. Ich brauche ein großes Messer.

Olly

Ich hab eins. Du kannst gerne vorbeikommen und es dir ausleihen.

Annie

Montag

Nach dem Dinner gestern mit meiner Schwägerin bin ich optimistischer, was den Mord angeht. Wir haben ausführlich darüber gesprochen, und Annie hatte ein paar gute Ideen, wie man das perfekte Verbrechen begeht. Jetzt weiß ich auch, wie ich die Leiche entsorgen werde. Niemand wird sie finden. Claudette Montana wird heute Nacht sterben. Ich werde nicht ruhen, bis sie unter der Erde liegt.

Olly

Claudette Montana? Wirklich? Bitte, töte mich, und nicht sie.
Annie

Ich werde dich nicht töten. Ich habe es dir schon gesagt, Annie Butterworth klingt einfach nicht sexy genug, um in meinen Büchern Verwendung zu finden. Bei diesem Namen denkt man automatisch an eine alte Frau in flauschigen Pantoffeln beziehungsweise an eine, die immer eine Strickjacke trägt, egal, wie warm es draußen ist. Was denkst du, warum ich meinen Namen in Oliver Black geändert habe? Ein Oliver Butterworth würde Pfeife rauchen und Werther's Original lutschen, und er wäre ganz sicher nicht der erfolgreichste Krimiautor in England, nein, weltweit.
Olly

Du hältst ziemlich große Stücke auf dich selbst, nicht wahr? Und ja, es ist mir durchaus bewusst, dass ich für dich nicht sexy genug bin.
Annie

Reden wir hier noch von dem Roman? Lass uns nicht wieder diese seltsame Diskussion führen. Außerdem habe ich dich in meinem letzten Buch erwähnt, offenbar hast du es nicht sorgfältig genug gelesen.
Olly

Von wegen, das wäre mir aufgefallen.
Annie

Schau mal auf den ersten Seiten nach.
Olly

Was ist denn hier los? Der großartige Oliver Black leidet an einer Schreibblockade? Kann doch gar nicht sein.
Sophia Lorenzo, Reinigungskraft

O Annie, bitte verrate mir, warum du dir von deinem ganzen Geld nicht endlich ein anständiges Zimmermädchen leistest? Warum lässt du immer noch diese alte Schachtel hier herumhängen wie einen üblen Geruch?
Olly

Oliver Butterworth, glaub bloß nicht, du wärst zu alt, um von mir übers Knie gelegt zu werden.
Sophia

Ach, Tantchen Sophia, bist du immer noch sauer auf mich, weil ich dich in *Hinter verschlossenen Türen* habe sterben lassen?
Olly

Mich hat eher gestört, dass du aus mir eine Prostituierte gemacht hast.
Sophia

Genau genommen eine Edelprostituierte, ich konnte nicht widerstehen. Außerdem hat der Name Sophia Lorenzo viel mehr Sex-Appeal als der Name Annie Butterworth.

Olly

Du hast deinen letzten Roman mir gewidmet! Wie konnte ich das nur übersehen? Ich kann nicht glauben, dass du das getan hast. Das ist so ... danke.

Annie

O bitte, werd jetzt bloß nicht sentimental. Gott, hätte ich geahnt, dass du so reagierst, hätte ich das Buch meinem China-Imbiss gewidmet, der mich während des Schreibens durchgefüttert hat.

Und Sophia, es handelt sich weniger um eine Schreib- als um eine Mordblockade. Ich habe die Figur Claudette Montana so clever, hinterhältig und durchtrieben angelegt, dass sie einfach nicht auf die Komplotte und Tricks von Maxwell Hunt hereingefallen ist. Außerdem musste ich dafür sorgen, dass die Leser Verständnis für ihn aufbringen und Claudettes Tod fast genauso sehr herbeiwünschen würden wie Hunt selbst.

Olly

Dienstag

Streng genommen ist jetzt Dienstag. Dienstagmorgen um drei Uhr siebenundzwanzig, um genau zu sein.

Claudette Montana hat endlich das Zeitliche gesegnet. Am liebsten würde ich »Ding dong! Die Hex' ist tot!« singen. Ich habe zur Feier des Tages eine Flasche Whin Hill Cider aufgemacht, aber vielleicht schleiche ich mich gleich rüber in Annies Küche und kröne meinen Erfolg mit Annies fantastischem Trifle.

Memo an mich selbst: Wenn du das nächste Mal in das Haus deiner Schwägerin einbrichst, verbinde dir entweder vorher die Augen, oder mache dich durch lautes Rufen bemerkbar, um sicherzustellen, dass sie etwas anhat. Ich weiß nicht, wer von uns beiden den größeren Schreck bekam, als ich Annie splitternackt in der Küche antraf, wo sie sich gerade ihren Trifle schmecken ließ. Zugegeben, wir erleben zurzeit einen der wärmsten Frühlinge, seit die Dinosaurier die Erde bevölkerten, aber trotzdem sollte man sich wenigstens einen Bademantel überstreifen, bevor man nach unten geht.

Olly

Warum sollte ich in meinem eigenen Haus einen Bademantel anziehen? Normalerweise kommen meine Gäste nicht einfach so bei mir hereinspaziert und bedienen sich an meinen Speisen. Das gehört nicht zum Service. Außerdem hast du mich zuvor schon nackt gesehen.

Annie

Ja. Du hast zugenommen seit dem letzten Mal.

Olly

O Gott! Na, vielen Dank auch!
Annie

Annie, du weißt ganz genau, dass ich das positiv meine. Bei unserer letzten Begegnung warst du nur noch Haut und Knochen. Ich bin sehr froh, dass du nun wieder richtig isst.
Olly

Mecker, mecker, mecker.
Annie

Ich sage ja nur, dass das, was ich für ein paar Sekunden im Licht des Kühlschranks gesehen habe, verdammt sexy war.
Olly

Sexy genug, um in einem deiner Bücher zu erscheinen?
Annie

Nein.
Olly

Wenn du mich schon nicht umbringen willst, wie wäre es, wenn du mich stattdessen zu einer Mörderin machen würdest?
Annie

Annie Butterworth, blondes Haar, blaue Augen, ein Gesicht wie ein Engel, verkörpert eine gemeine Mörderin – wer würde das glauben?

Olly

Mittwoch

Meine Schwägerin ist wahnsinnig geworden. Vielleicht hat ihre Trauer um meinen Bruder ihr nun endgültig den Rest gegeben und sie vollends um den Verstand gebracht. Gestern hat sie dreimal versucht, mich zu töten.

Beim ersten Mal sprang sie mit einer Axt aus dem Schrank. Sie hat mir einen Wahnsinnsschreck eingejagt, aber nur, weil sie wie eine Verrückte schrie. Als ich mich umdrehte und sah, wie sie in ihrer geblümten Bluse, den Shorts und ihren heiß geliebten, blöden, unförmigen Gesundheitslatschen axtschwingend vor mir stand, musste ich laut lachen. Das war wohl kaum ein Anblick, der mich das Fürchten lehrte.

Beim zweiten Mal entdeckte ich in meiner Küche eine Quiche, neben der ein Päckchen Rattengift lag. Die Quiche schmeckte sagenhaft, Annie war schon immer eine tolle Köchin.

Für ihren dritten Versuch muss ich ihr allerdings Anerkennung zollen. Ich wachte auf und stellte fest, dass sie rittlings auf mir saß, von Kopf bis Fuß in einen schwarzen Leder-Catsuit gehüllt, die Haare zurückgegelt, die Augen schwarz umrandet, und mir ein Messer an die Kehle drückte. Ich muss zugeben, sie sah gefährlich aus, aber ich war zu sehr damit beschäftigt, nicht von ihr erregt zu werden, um Angst zu haben. Ehrlich gesagt, hätte sie mir die Kehle aufgeschlitzt, wäre ich mit einem breiten Grinsen im Gesicht verblutet.

Annie, du hast das Killer-Gen einfach nicht in dir. Ich habe gesehen, dass du sogar für Frösche bremst, die die Straße überqueren. Du hattest nicht einmal den Mumm, ein richtiges Messer zu benutzen, du hast mir nur einen Löffelstiel gegen den Hals gedrückt.

Olly

Ich wollte dich nicht verletzen. Und ich kann durchaus eine glaubwürdige Killerin abgeben, du wirst schon sehen.

Annie

Donnerstag

Annie ist vielleicht doch eine bessere Mörderin, als ich dachte. Letzte Nacht wäre ich vor Lachen fast gestorben.

Annie hatte einen Dummy gebastelt. Sie stopfte ein paar alte Klamotten mit Zeitungspapier aus, verwendete für den Kopf eine Melone und fixierte alles so, dass es wie ein menschlicher Körper aussah, den sie anschließend in einen schwarzen Müllsack packte. Als es dämmerte, ging sie hinaus in ihren Vorgarten und hob dort, für das ganze Dorf sichtbar, eine Grube aus, um den Sack zu begraben. Sie wollte ganz offensichtlich Verdacht erregen und beweisen, dass die Leute ihr so etwas zutrauen würden.

Sie hatte Glück. David Lambeth, der Dorfpolizist, fuhr zufällig an ihrem Haus vorbei und hielt an, als er sie draußen graben sah. Ich glaube, Annie hätte am liebsten ein Freudentänzchen aufgeführt, schließlich nahm sie an, dass Lambeth sie fragen würde, was sie da tat, und eine Erklärung für den leichenförmigen Sack auf ihrem Rasen verlangte. Aber stattdessen ging er ohne ein Wort zum Schuppen, um sich einen Spaten zu holen, und half dann Annie beim Graben, während er nur einmal kurz innehielt, um sie zu fragen, wie tief das Loch werden sollte. Ich habe so sehr gelacht, dass ich glaube, ich habe mir innerlich etwas gerissen.

Olly

Als ich zu David sagte, dass ich die Grube zwei Meter tief haben möchte, zuckte er nicht mal mit der Wimper. Ich gab nach und erklärte ihm, dass ich die Arbeit morgen beenden würde. Er will nachher vorbeikommen, um mir zu helfen.

Annie

Freitag

Ich wurde heute vor die Tür gesetzt. Offenbar sind zahlende Gäste wichtiger als die eigene Familie.

Olly

Du kannst mein Gästezimmer haben, das weißt du. Ich verspreche dir, dass ich nicht über dich herfallen werde.
Annie

Ich würde die Grenzen gern ein bisschen strenger ziehen, nach dem letzten Mal.
Olly

Wie prüde.
Annie

Ich werde zur großen Wiedereröffnung von »Der Bunte Teller« zurück sein. Pass auf dich auf, Annie. Sophia, pass auf sie auf.
Olly

Das mach ich. Bleib dieses Mal nicht so lange weg.
Sophia x

14. bis 17. März

Freitag
Als ich das letzte Mal hier zu Besuch war, trauerte Mrs. Butterworth um ihren verstorbenen Ehemann. Das Cottage wirkte stark vernachlässigt.

Ich habe ja durchaus Verständnis dafür, dass

das Saubermachen nicht weit oben auf Mrs. Butterworths Prioritätenliste stand, schließlich war sie damit beschäftigt, eine Beerdigung zu organisieren, aber trotzdem hätte ich einen gewissen Mindeststandard erwartet. Als mein Mann damals starb, habe ich sichergestellt, dass das Haus weiterhin jeden Tag picobello aussah.

Nichtsdestotrotz ist Wells-next-the-Sea ein wunderschöner Ort, und da ich früher ein regelmäßiger Gast im Willow Cottage war bis zu jener Woche, in der die Beerdigung stattfand, dachte ich mir, ich gebe Mrs. Butterworth noch einmal eine Chance und komme nach all der Zeit wieder.

Es freut mich zu sehen, dass das Cottage inzwischen renoviert wurde, und selbst wenn die Einrichtung nicht ganz meinen Geschmack trifft, ist das Haus größtenteils sauber.

Mrs. Applecroft

Mrs. Applecroft, ich bitte um Entschuldigung, dass das Cottage bei Ihrem letzten Besuch nicht Ihren üblichen Erwartungen entsprach. Es ist wirklich schade, dass Sie aus diesem Grund so lange ferngeblieben sind. Wir haben Sie und Ihre äußerst hilfreichen Verbesserungsvorschläge vermisst. Ich weiß, dass vor allem Sophia sich über Ihre Rückkehr freuen wird.

Nach Nicks Tod ließ ich die Dinge tatsächlich ein wenig schleifen, und ich habe es mir nie verziehen, dass ich einige Wochen lang die Sauberkeit und Ordnung vernachlässigt habe. Das ist eine Bürde, die ich für den Rest meines Lebens tragen muss. Ich hoffe, wir finden einen Weg, um Ihr Vertrauen in uns wiederherzustellen. Ordnung ist schließlich das halbe Leben.

Annie Butterworth

Sie haben ja so recht.

Ich war vorhin am Strand spazieren, wo es zwar immer noch wunderschön ist, aber trotzdem musste ich zu meinem Ärger feststellen, dass der Dünenpfad mit Pferdeäpfeln verunreinigt ist. Ekelhaft! Wenn Hundebesitzer die Hinterlassenschaften ihrer Tiere beseitigen müssen, sollte für Pferdebesitzer dasselbe gelten.

In den letzten zwei Stunden habe ich beobachtet, dass nach und nach vier Männer aus dem Haus von Sophia Lorenzo kamen. Offenbar ist Mr. Lorenzo beruflich unterwegs. Ist die Katze aus dem Haus …

Das Schild zur Butterworth-Farm quietscht und muss geölt werden.

Ich kann mich nicht auf meine Lektüre konzentrieren, weil Annie Butterworth in ihrem Garten laut vor sich hin trällert.

Mrs. Applecroft

Samstag

Die Sonne scheint viel zu hell durch mein Schlafzimmerfenster, es könnte sich lohnen, in einen

Verdunkelungsvorhang zu investieren. Die Kissen sind sehr hart. Das Vogelgezwitscher stört meinen Schlaf.

Ich weiß, dass die junge Shellie Gillespie die vergangene Nacht bei Michael Atkinson verbracht hat, ich habe nämlich gesehen, wie sie heute in aller Früh sein Haus verließ. Es scheint, als hätte sich das kleine Chalk Hill in eine Brutstätte der Sünde verwandelt.

Ich komme gerade von einem Einkaufsbummel zurück. Ich musste enttäuscht feststellen, dass das Wollgeschäft durch eine abschreckend aussehende Konditorei ersetzt wurde.

Mrs. Applecroft

Sonntag

Sophia Lorenzo störte mich heute beim Frühstück, als sie zum Saubermachen kam. Ich muss ihr sagen, dass auf den Schränken Staub liegt. Ich werde ihr eine Notiz hinterlassen. Ich fühle mich nicht wohl dabei, eine Hilfskraft zu tadeln.

Mrs. Applecroft

Eine Hilfskraft?

Erstens, hätten Sie damals den Anstand besessen, Ihre Buchung zu stornieren, als wir Sie über Nicks Tod informierten, wären Sie nicht in der schwärzesten Zeit in Annies Leben getreten.

Zweitens, die vier Männer, die am Freitagnachmittag mein Haus verlassen haben, waren allesamt Handwerker und Innenausstatter, die mir einen Kostenvoranschlag für ein neues Badezimmer machten. Ich mag ja im Bett eine Wucht sein, aber selbst ich wäre nicht in der Lage, innerhalb von zwei Stunden vier Männer zu befriedigen.

Drittens, Shellie Gillespie und Michael Atkinson sind inzwischen verheiratet, und Shellie bricht jeden Morgen früh zur Arbeit auf, aber selbst wenn die beiden nicht miteinander verheiratet wären, wir leben im einundzwanzigsten Jahrhundert, und was erwachsene Menschen hinter verschlossenen Türen tun, geht Sie nicht das Geringste an.

Viertens, wenn Sie auf die Leiter steigen wollen, um auf den Schränken abzustauben, tun Sie sich keinen Zwang an.

Sophia

Nachdem ich vorhin ein Gespräch mit Mrs. Lorenzo hatte, sehe ich mich veranlasst, darauf hinzuweisen, dass ich das Cottage in einem tadellosen Zustand vorgefunden habe. Ferner möchte ich sagen, dass ich definitiv wiederkommen werde. Das Willow Cottage ist eine wunderbare Unterkunft. Ich möchte aufrichtig um Verzeihung bitten, falls ich dem Cottage mit meinen früheren Kommentaren unrecht getan habe.

Mrs. Applecroft

18. bis 21. März

Dienstag

Liebe Hetty, ich freue mich unheimlich darauf, dich wiederzusehen. Ich weiß, es wird dich nicht stören, aber ich werde während deines Aufenthalts immer mal wieder bei dir drüben im Garten vorbeischauen und mich dort nützlich machen. In letzter Zeit sieht er ein bisschen verwildert aus.

LG, Annie

Meine liebe Annie, der Garten ist eine Pracht, aber du kannst natürlich gerne kommen und nach dem Rechten sehen. Das Cottage sieht fantastisch aus. Ich war vorher schon darin verliebt, aber nun ist es einfach umwerfend. Ich freue mich so sehr, wieder hier zu sein.

LG, Hetty

Und ich freue mich, dich wieder hier zu haben. Das Geld für die Renovierung kam von Nicks Lebensversicherung. Offenbar hat er sehr gut vorgesorgt. Ich fand es passend, zum Gedenken an ihn einen Teil der Summe in das Cottage zu investieren, schließlich hatten wir es vor fünf Jahren als gemeinsames Langzeitprojekt begonnen. Ich wollte es in den Ort verwandeln, den wir uns immer ausgemalt hatten.

Einen weiteren Teil der Versicherungssumme habe ich für den »Bunten Teller« verwendet, mein kleines Keramikatelier. Es ist seit Nicks Tod geschlossen, weil ich nicht mehr in der Lage war, mit Menschen zu arbeiten. Es erschien mir seltsam, Leute zu empfangen, die fröhlich und vergnügt waren, deren Leben ganz normal weiterging, während meins stehen geblieben war. Ich konnte es nicht ertragen. Aber mittlerweile bin ich in einer guten, stabilen Verfassung, und in ein paar Wochen findet die große Wiedereröffnung statt. Für den Anfang werde ich das Atelier nur sonntags und dienstags aufmachen, später dann auch an anderen Tagen. In der Hauptsaison muss ich an den Samstagen hier präsent sein, um die neuen Hausgäste zu empfangen. Ich werde Chloe Sayles einarbeiten, damit sie mich samstags im Atelier vertreten kann.

Annie

Du siehst richtig gut aus. Ich freue mich sehr, dass du dich erholt hast. Kann es sein, dass Oliver etwas mit diesem hübschen Lächeln in deinem Gesicht zu tun hat?

Hetty

Olly war mir eine großartige Stütze nach Nicks Tod. Man kann mit Sicherheit sagen, dass ich ohne ihn die ersten paar Monate nicht überstanden hätte. Nicks ganze Familie hat mich fantastisch unterstützt, besonders Sophia und Olly. Olly blieb fast sieben

Monate bei mir und half mir, Schritt für Schritt durch jeden einzelnen Tag zu kommen. Er kümmerte sich um die Versicherungen, um die Rechnungen, um alles. Wir sind in dieser Zeit sehr eng zusammengewachsen, aber wir sind nur Freunde.
Annie

Ihr drei wart von klein auf die dicksten Freunde. Ich und Mary Gillespie haben immer darüber gewitzelt, dass du zwei Männer hattest und letzten Endes wahrscheinlich beide heiraten würdest.
Hetty

Ich habe beide geliebt und liebe sie immer noch. Obwohl, ich glaube, mit Olly verbindet mich eher eine Art Geschwisterliebe. Mensch, Hetty, du hast ihn doch in den Zeitschriften gesehen, auf all den glamourösen Galas und Premieren, zu denen er jede Woche eine andere Frau mitbringt. Das alles wird er wohl kaum für mich aufgeben.
Annie

Wer sagt, dass er das alles aufgeben muss? Er ist Schriftsteller, er kann überall schreiben, und wenn man seine Einträge in diesem Buch hier liest, kommen ihm in deiner Nähe offenbar die besten Ideen. Die Galas und die Glitzerwelt sind nur ein kleiner Teil seines Lebens. Letzten Endes wünscht er sich trotzdem einen Ort, den er sein Zuhause nennen kann.
Hetty

Du tust so, als stünde das zur Debatte. Dabei kann er es manchmal kaum ertragen, mich anzusehen.

Annie

Nun, bestimmt fühlt er sich schuldig an dem Unfall, schließlich saß er am Steuer. Er denkt wahrscheinlich, er hätte es irgendwie verhindern können.

Hetty

Es war nicht seine Schuld, das weiß er. Ich mache ihm keinen Vorwurf.

Annie

Ja, aber Olly lebt und Nick nicht. Olly fühlt sich zwangsläufig schuldig, egal, bei wem die Schuld liegt.

Hetty

Du solltest einen Abstecher zur Butterworth-Farm machen, während du hier bist. William würde sich über einen Besuch von dir sehr freuen.

Annie

Netter Versuch, das Thema zu wechseln. Also gut, ich werde kein Wort mehr darüber verlieren. Vorerst. Willst du mich tatsächlich immer noch mit William verkuppeln? William würde mir nur Beachtung schenken, wenn ich schwarz-weiß gescheckt wäre und muhen würde. Er liebt seine Kühe über alles.

Hetty

Das stimmt, aber dich hat er auch sehr gern. Gestern kamen auf der Farm fünf Kälber zur Welt, vielleicht sind es heute noch mehr, süße, neugeborene Kälbchen, du wirst sicher nicht widerstehen können.
Annie

Vielleicht schaue ich nachher mal bei ihm vorbei.
Hetty

Bevor du dich auf den Weg zu ihm machst, klopf bitte kurz bei mir an, damit ich dir ein paar Muffins und Eier für ihn mitgeben kann. Und etwas von meiner Shepherd's Pie. Es wird davon noch reichlich übrig sein, falls du heute Abend keine Lust hast zu kochen.
Annie

Ich habe die Kälber gesehen, sie sind wirklich unheimlich süß. William hat in der ganzen Zeit, die ich da war, zehn Worte mit mir gesprochen.
Hetty

Wirklich, zehn?
Annie

Ja, ich habe mitgezählt.
Hetty

Oje.
Annie

Mittwoch

Ich habe heute Morgen am Strand einen Ring gefunden, ein hübsches kleines Schmuckstück mit einem Diamanten in Form einer Träne, eingerahmt von winzigen Saphiren. Der Ring sieht antik aus. Ich frage mich, wie er wohl an den Strand gelangt ist. Ging seine Besitzerin im Meer verschollen, oder gehörte er einem Seemann, der seine Braut an das Scharlachfieber verlor und den Ring zu ihrem Andenken immer bei sich trug? Ich frage mich auch, wie lange es wohl her sein mag, dass der Ring als ein Beweis für die Zuneigung eines Mannes verschenkt wurde.

Hetty

Hetty, du alte Romantikerin, ich sage es dir ja nur ungern, aber so wie ich Sally Jenkins vom anderen Ende der Straße kenne, gehört der Ring wahrscheinlich ihr. Sally war öfter verlobt, als ich warme Mahlzeiten hatte, dreimal mit demselben Mann und dann noch mit acht weiteren laut der letzten Zählung. Aber geheiratet hat sie keinen davon. Die Glückliche, offenbar stehen die Männer bei ihr Schlange, um ihr die Ehe anzutragen, und immer sind es irgendwelche reichen Junggesellen. Gestern Abend im Buchclub hat sie uns erzählt, dass ihr letzter Verehrer, irgendein Lord Soundso, die Frechheit besaß, ihr einen Ring mit einem falschen Diamanten zu schenken. Dieser landete wohl im Meer, genau wie zuvor die Ringe der anderen Männer, die Sally betrogen oder belogen haben.

Ich wäre schon froh, wenn ich überhaupt einen Ring bekäme. Derzeit werde ich immer noch als die trauernde Witwe stigmatisiert. Die Hälfte der heiratswürdigen Junggesellen aus dem Dorf und der Umgebung, deren Anzahl ziemlich überschaubar ist, starrt mich ängstlich an, als wäre ich eine nicht explodierte Bombe, die jeden Moment hochgehen kann. Sie lassen mich im Pub beim Billard gewinnen, und sie stellen mir meine Autoreparaturen nie in Rechnung, nur um zu verhindern, dass ich wieder in Tränen ausbreche. Die andere Hälfte betrachtet mich weiterhin als Nicks Frau und findet es illoyal, mir hinter seinem Rücken den Hof zu machen.

Momentan bin ich nicht wirklich auf der Suche nach einem neuen Partner. Die Vorstellung, mit einem anderen Mann als mit Nick zusammen zu sein, fällt mir immer noch schwer. Aber selbst wenn ich derzeit nicht auf dem Markt bin, könnte ein anerkennender Blick hier und da nicht schaden, anstelle der mitleidigen oder ängstlichen Gesichter, mit denen mir die meisten Männer begegnen.

Annie

Du brauchst dringend eine Luftveränderung. Ich lade dich herzlich ein, mich in Tenby zu besuchen. Dann können wir zusammen nach Skomer Island rausfahren. In ein paar Wochen werden dort Hunderte von Papageientauchern brüten.

Hetty

Olly hat mir dasselbe empfohlen, als er hier war. Er hat mir sein Strandhaus in Kalifornien angeboten. Vielleicht werde ich dort ein paar Wochen verbringen, bevor die Hauptsaison losgeht.

Annie

Tenby oder Kalifornien? Oh Gott, keine Frage, wofür ich mich entscheiden würde. Obwohl, ich kann mit einem besonderen Extra aufwarten, nämlich mit Connor, meinem umwerfenden Gärtner. Connor ist der schönste Mann, den ich je gesehen habe. Er hat unglaubliche Arme, so muskulös und stark, dazu kräftige Schenkel und herrliche Hände. Ich liebe Männer, die mit ihren Händen geschickt sind. Wäre ich dreißig Jahre jünger, hätte ich nichts dagegen, mich selbst an Connor heranzumachen. Vielleicht ist er ja genau das, was du brauchst, um dich abzulenken.

Hetty

Donnerstag

Mmmh, Tenby wirkt auf einmal immer verlockender. Natürlich nur wegen der Papageientaucher.

Annie

Ja, Connor könnte dich mit dem Boot nach Skomer rüberbringen. Es gibt auf der Insel viele abgelegene Stellen.

Hetty

Haha, Hetty, du bist wirklich schlimm.
Annie

Komm heute Abend zum Essen rüber, und wir können das alles persönlich besprechen, statt ständig über dieses Gästebuch hier zu kommunizieren.
Hetty

Das ist nicht meine Schuld. Du bist scheinbar immer unterwegs, wenn ich bei dir vorbeischaue.
Annie

Meine Liebe, ich möchte deine Seifenblase nicht zum Platzen bringen, aber ich habe tatsächlich noch andere Leute zu besuchen, wenn ich schon einmal hier in Wells bin. Ich gehe zu so vielen Morgentees, Lunches und Nachmittagstees wie möglich, um all die reizenden Menschen hier zu treffen. Aber heute Abend ab sieben werde ich mir für dich Zeit nehmen.
Hetty

Ich fühle mich geehrt.
Annie

Freitag

Annie, es war wirklich schön, mal wieder mit dir zu plaudern. Ich habe unseren Abend gestern unheimlich genossen, und ich freue mich schon sehr darauf, dass ich mich in ein paar Wochen in Tenby für deine Gastfreundschaft revanchieren kann. Sag William liebe Grüße von mir, dann flippt er bestimmt aus.

Hetty

22. bis 24. März

Samstag

Vielen Dank für den Willkommenskorb und die hübschen Blumen. Wir freuen uns auf ein angenehmes, ruhiges Urlaubswochenende. George freut sich ganz besonders auf das Angeln. Dankeschön für das Angelbuch und den Eimer mit Würmern, den Sie für uns bereitgestellt haben. Ich hätte nie gedacht, dass ich mich einmal für Würmer bedanken würde. Es sind die hässlichsten, abstoßendsten Kreaturen, die ich jemals gesehen habe, aber George ist von ihnen begeistert. Ich weiß aus verlässlicher Quelle, dass gerade Meerringelwürmer sich hervorragend als Fischköder eignen.

Mrs. Slater

Das Angelrevier hier ist sensationell. Ich habe heute zwei große Barsche und einen Dorsch gefangen. Die Barsche kommen nachher auf den Grill.

George Slater

SONNTAG
Die kleinen Hütten unten am Strand sind so niedlich. Ist es möglich, sie für einen Tag oder ein Wochenende zu mieten?
Mrs. Slater

Ich habe Ihnen ein paar frische Eier vorbeigebracht.

Die meisten Strandhütten sind in Familienbesitz und werden von Generation zu Generation weitervererbt. Viele davon stammen noch aus der Viktorianischen Zeit, aber es gibt auch welche jüngeren Datums. Ein paar stehen zum Verkauf, für fünfzig- bis sechzigtausend Pfund, und manche werden in den Sommermonaten vermietet. Ich denke, wenn Sie bei Google einfach nur »Strandhütten Wells-next-the-Sea« eingeben, werden Sie Agenturen finden, bei denen Sie eine Hütte buchen können.

Mein Mann Nick und ich haben uns in unseren Flitterwochen eine Strandhütte gemietet. Wir haben darin übernachtet, obwohl das eigentlich nicht erlaubt war, mit Schlafsäcken und Luftmatratzen, und es gab nichts Aufregenderes, als morgens nach dem Aufwachen die Tür zu öffnen, die paar Treppenstufen hinabzusteigen und direkt auf dem Strand zu stehen. Himmlisch!
Annie

Annie, meine Liebe, ich bin 73, George ist 76, wir können mit Google nicht viel anfangen.
Mrs. Slater

Ich besorge Ihnen die Telefonnummer. Wenn Sie mir ein Datum und Ihre Preisvorstellung nennen, kann ich auch in Ihrem Namen per E-Mail anfragen, ob eine Hütte verfügbar ist.

Annie

Montag

Wir hatten hier einen wunderbaren Aufenthalt, und George ist tief beeindruckt von den Angelmöglichkeiten. Vielen Dank für Ihre Mühe wegen der Strandhütte. Wir werden uns vielleicht im Sommer eine mieten, aber wir werden trotzdem im Cottage wohnen. Wir sind zu alt, um auf dem Boden zu schlafen.

Mrs. Slater

28. März bis 3. April

Freitag

Was für ein traumhaftes Cottage. Ich liebe den Kaminofen. Ich möchte unbedingt im Winter wiederkommen und vor dem warmen Feuer sitzen, während draußen der Wind um das Haus pfeift. Dann werden wir natürlich zu dritt sein. Unser Baby, das von Tag zu Tag wächst, soll in vier Wochen zur Welt kommen. Mike ist sich sicher, dass es ein Junge ist. Mein Gefühl sagt mir auch, dass es ein Junge

ist, aber ich ärgere Mike immer, indem ich behaupte, dass es definitiv ein Mädchen ist. Das Baby tritt mich oft, wahrscheinlich wird es später einmal ein Fußballer. Oder ein Irish Dancer.
Sarah Littleton (mit Babykugelbauch)

Das war's dann wohl, sobald wir zurückkommen, werde ich das Kinderzimmer blau streichen.

Annie, haben Sie zufällig eine Wärmflasche für uns? Falls Sie das hier lesen, bevor wir zurück sind, und Sie haben eine, legen Sie sie einfach in die Küche. Übrigens, der Handyempfang im Haus ist nicht besonders gut. Können Sie mir sagen, wo ich telefonieren kann?
Danke,
Mike Littleton

Ich habe für Sie eine Wärmflasche in die Küche gelegt und auch mein Lieblingsschaumbad – ein entspannendes Bad in der Wanne hilft oft, um Beschwerden zu lindern. Gehen Sie zum Telefonieren an das Ende des Gartens, dort haben Sie einen guten Empfang.
Annie

Der Strand ist herrlich. Schade, dass ich unseren Spaziergang abbrechen musste, diese verdammten Vorwehen. Ich habe sie nun schon seit zwei Wochen, und sie kommen immer öfter und schmerzhafter. Völlig normal, meinte mein neunzehnjähriger Arzt dazu, als ich letzte Woche bei ihm war. Er erklärte mir sogar, dass die Schmerzen halb so wild seien. Woher zum Geier will er das wissen? Ich hatte gute Lust, ihn in die Eier zu treten und ihn dann zu fragen, ob das auch halb so wild sei. Vielen Dank für die Wärmflasche, Annie. Ich lege mich jetzt in die Wanne und gehe anschließend früh schlafen.

Sarah

Samstag

Die Vorwehen hören nicht auf. Laut meinem vorpubertierenden Arzt soll Bewegung dagegen helfen. Also werden Mike und ich heute wieder an den Strand gehen. Ich bin fest entschlossen, unseren Urlaub nicht zu ruinieren, indem ich im Haus herumsitze und jammere. Das Wetter ist herrlich, und ich werde es ausnutzen.

Sarah

Mir persönlich wäre es lieber, Sarah würde sich schonen, aber ich kann sie nicht überreden stillzusitzen.

Mike

Es ist mir gelungen, Sarah zu überzeugen, dass wir uns an den Strand setzen, statt eine zu weite Strecke zu gehen. Arme Sarah, sie fühlt sich so unwohl. Sie hat sich wieder früh ins Bett gelegt, aber im Moment kann sie auch nicht gut schlafen.

Mike

Scheiße, scheiße, scheiße!
Mike

Sonntag
Als Besucher des Willow Cottage sehen wir uns veranlasst, in das Gästebuch zu schreiben. Mrs. Littleton brachte heute Nacht um 2.27 Uhr ihr Baby zur Welt. Das Geburtsgewicht betrug 3232 Gramm. Mutter und Kind sind wohlauf.
Jim und Katie, Rettungssanitäter

Wir möchten unser Neugeborenes in der Welt willkommen heißen. Willow Rose überraschte uns mitten in der Nacht. Als die Sanitäter eintrafen, schaute ihr Kopf bereits heraus. Kurz darauf war sie auf der Welt. Sie ist bestimmt das hübscheste Baby, das ich je in meinem Leben gesehen habe. Ich weiß, das sagen alle Mütter von ihren Kindern, aber Willow Rose ist wirklich eine Schönheit. Mike war unglaublich, so ruhig und gefasst. Obwohl, wenn man seinen letzten Eintrag liest, vielleicht hatte er unter der Oberfläche ja genauso viel Panik wie ich. Allerdings war meine Panik eher auf der Oberfläche.
Sarah

Wie ist es möglich, dass ich mich so schnell in meine Tochter verliebt habe? Ich kann nicht aufhören, sie anzustarren. Sie ist in jeder Hinsicht vollkommen. Sarah und ich haben uns keinen Mädchennamen überlegt, wir waren uns beide sicher, dass es ein Junge sein würde. Aber der Name Willow, nach dem Cottage, scheint perfekt zu passen. Sarah war fantastisch, so tapfer.

Mike

Ich kann nur zustimmen, Willow Rose ist das hübscheste Baby der Welt. Und ein Novum für das Willow Cottage. Bisher haben hier noch keine Babys gewohnt, ganz zu schweigen davon, dass welche hier geboren wurden. Was für eine wunderbare Überraschung gleich am frühen Morgen.

Annie

Ich war rasch da, um nach der Mutter und dem Kind zu sehen. Beiden scheint es gut zu gehen. Willow Rose wiegt ausreichend und trinkt anständig.

Sally Jenkins, Hebamme

PS: Annie, das Cottage sieht toll aus. LG

Montag

Wir werden unseren Aufenthalt hier um ein paar Tage verlängern. Wir benötigen eine Babyschale, um Willow Rose im Auto zu transportieren, und Mike ist nicht bereit, mich und das Kind allein zu lassen, um eine zu kaufen. Meine Eltern sind auf dem Weg von Cambridge hierher und werden in dem anderen Schlafzimmer nächtigen. Sie bringen uns alles mit,

was wir brauchen, und am Mittwoch oder Donnerstag fahren wir dann wahrscheinlich zurück nach Hause. Zum Glück erwartet Annie erst am Wochenende die nächsten Gäste.
Sarah

Unsere kleine Enkeltochter ist eine wahre Schönheit, und sie hat sich einen wirklich reizenden Ort ausgesucht, um zur Welt zu kommen. Vielen Dank, Annie, dass Sie uns so rasch benachrichtigt haben.
Mr. und Mrs. Baxter (Sarahs Eltern)

DIENSTAG
Annie, danke für den Gummiring. Wie aufmerksam von Ihnen, im Moment ist es nämlich sehr schmerzhaft für mich, wenn ich mich hinsetze.
Sarah

DONNERSTAG
Heute reisen wir ab. Herzlichen Dank für die tolle Gastfreundschaft. Ich kann nicht glauben, wie sehr sich unser Leben in den letzten paar Tagen verändert hat.
Alles Liebe von
Sarah, Mike und Willow Rose Littleton

APRIL 2014

5. bis 19. April

Samstag

Mrs. Butterworth, das Cottage ist wunderschön. Herzlichen Dank für die Ostereier für Megan und Isabelle, eine sehr nette Aufmerksamkeit.

Rebecca Meecham

Sonntag

Mein Ei war mit Schokolinsen, und hinten drauf war ein Rätsel. Isabelles Ei war mit Smarties, also habe ich eine Hälfte von ihrem Ei bekommen und sie eine Hälfte von meinem. Ich habe heute eine Muschel gefunden, die wie eine Katze aussieht. Sie hat sogar ~~Schnurhare~~ Schnurrhaare.

Megan, 6 ½ Jahre

Dienstag

Liebe Megan, ich freue mich sehr, dass euch die Ostereier geschmeckt haben und dass euch der Strand gefällt. Wenn ihr Lust habt, ein paar Baby-Kühe zu sehen, gebt mir einfach Bescheid, und ich bringe euch rauf zur Butterworth-Farm.

Annie

Donnerstag

Die Baby-Kühe sind voll süß. Acht kleine Minikälber. William hat gesagt, dass ich ihnen Namen geben darf. Ich habe sie Jake, Bella, Fizz, Milo, Dora, Daisy, Flecki und Scheißer getauft. Scheißer heißt so, weil er einen Haufen gemacht hat, als ich ihn streichelte. Scheißer mag ich am liebsten. Flecki hat einen weißen Fleck auf der Stirn. Isabelle mag Flecki am liebsten.

Megan

Freitag

Heute gab es am Strand einen Sandburgen-Wettbewerb. Daddy, Isabelle und ich haben eine ganz große Sandburg gebaut mit Türmen und Fahnen und Muscheln. Wir sind Zweite geworden und haben ein Eis gewonnen. Ich hatte Schokolade mit Nüssen und Marshmallows und Schokolinsen.

Megan

Samstag
Wir haben heute die Robben besucht. Wir sind mit dem Schiff hinausgefahren und haben sie beobachtet. Eine Robbe war sehr dick und hatte große ~~Glubs~~ Glupschaugen.

Megan

Sonntag
Heute regnet es, also haben wir auf der Wii gespielt. Ich habe Daddy im Bootspiel geschlagen, aber Mummy war besser als ich.

Megan

Dienstag
Es regnet immer noch, aber ich habe ein Rätselbuch. Isabelle hat ein Malbuch, und ich helfe ihr damit. Man kann auch Sticker reinkleben. Mein Rätselbuch hat keine Sticker.

Megan

Falls ihr Lust habt, könnt ihr gern rüberkommen und mir beim Kuchenbacken helfen. Ich brauche auch Hilfe mit dem Zuckerguss.

Annie

Donnerstag
Ich habe im Garten einen Frosch gefunden. Ich habe

ein Bild von ihm gemalt, und Mummy hat mir geholfen, ihn mit ihrem Handy zu fotografieren und auf Facebook hochzuladen. Ich nenne ihn Schleimi.

Megan

Karfreitag

Ich habe heute Mr. Butterworth kennengelernt. Er war sehr nett und lustig. Ich habe gefragt, ob er Annies Mann ist, und Annie hat Nein gesagt, aber Mr. Butterworth hat Ja gesagt. Aber er muss Annies Mann sein, wenn sie Mrs. Butterworth heißt, und er ist Mr. Butterworth. Er ist hier, weil morgen ein bunter Teller geöffnet wird. Ich weiß nicht genau, wie man einen Teller öffnen kann, aber Mummy sagt, wir können dort vorbeischauen, bevor wir nach Hause fahren, und ich darf dann etwas malen. Daddy ist ein großer Fan von Mr. Butterworth. Er hat ganz lange Mr. Butterworths Hand geschüttelt und ihm gesagt, wie toll er ihn findet.

Megan

Karsamstag

Wir waren heute alle bei der Telleröffnung. Ich habe einen Frosch gemalt, der aussieht wie Schleimi. Ich habe ihm lila Punkte gemalt, weil ich Lila mag. Isabelle bekam ihre Hände und Füße angemalt, für Abdrücke auf einem Teller. Sie hat geweint. Mr. Butterworth hat eine Tasse bemalt, auf der stand, dass er der beste Autor der Welt ist. Es gab viele Gläser mit Wein, aber ich habe Orangensaft in einem speziellen Weinglas bekommen.

Megan

Annie, wir hatten hier eine wunderbare Zeit. Danke, dass Sie dafür gesorgt haben, dass die Mädchen sich pudelwohl fühlten.

Alles Liebe von

Rebecca, Ben, Megan und Isabelle Meecham

19. bis 21. April

Samstag

Ich bin froh, dass ich heute Abend im Cottage schlafen kann. Annies Gästebett ist nämlich sehr unbequem.

Die große Wiedereröffnung von Annies Atelier war ein Riesenerfolg. Die Presse erschien und auch eine stattliche Anzahl von Kunden. Nicht schlecht für den ersten Tag. Viele Einheimische kamen ebenfalls vorbei, um Annie zur Seite zu stehen, was eine schöne Geste war. Annie ist hier sehr beliebt, so viel ist klar. Ich fand es unangenehm, als die Leute von der Presse mich fragten, warum das Atelier so lange geschlossen gewesen sei. Ich erzählte ihnen etwas von Umbau und Renovierung. Zum Glück waren es nur Lokalreporter und nicht diese verdammten Paparazzi, die uns nach Nicks Tod verfolgt haben.

Ich bin gestern mit dem Flieger aus New York gekommen, und durch den Jetlag fühle ich mich heute wie betrunken. Mein Verstand rast, und ich kann nicht klar denken. Ich habe Annie gerade angeboten, sie auf ihrem Spaziergang zu begleiten. Sie geht jeden Abend nach Einbruch der Dunkelheit an den Strand, das macht sie schon, solange ich zurückdenken kann. Warum ich plötzlich den Drang verspürt habe, mich ihr anzuschließen, weiß ich nicht. Das wird mit Sicherheit ins Unglück führen: ein Spaziergang im Mondschein, die Wellen, die sanft an den Strand schwappen, die menschenleere Abgeschiedenheit, meine schöne beste Freundin – was um alles in der Welt habe ich mir dabei gedacht? Noch schlimmer ist, dass ich gerade meine innersten Gefühle in diesem verdammten Buch hier ausbreite.

~~Ich habe meinen Bruder bereits auf die schlimmste Art betrogen, nur sechs Monate nach seinem Tod, ich darf das nicht wieder geschehen lassen. Ich muss mir einfach immer wieder vor Augen führen, dass sie die Frau meines Bruders ist und nicht das Mädchen, das früher hinten auf meinem Fahrrad mitfuhr, nicht das Mädchen, mit dem ich meinen ersten Kuss erlebte. Sie ist die Frau meines Bruders, nichts weiter. Verdammt, warum schreibe ich dieses Zeug?~~

Olly

Sonntag

Es ist jetzt Sonntag kurz nach Mitternacht. Ich bin so müde, ich glaube, ich bin seit neununddreißig Stunden auf den Beinen. Natürlich haben Annie und ich uns an den Strand gesetzt und geredet, natürlich wurde ihr kalt, und ich habe meinen Arm um sie gelegt, natürlich lehnte sie ihren Kopf an meine Schulter. Ich habe nichts gemacht. Sie ist die Frau meines Bruders.

Olly

Oh Olly!

Annie

Ich wurde gegen Mittag wach und bekam ein warmes Frühstück im Bett serviert. Annie ist eine wunderbare Köchin, und ich fühle mich jetzt deutlich besser, nachdem ich geschlafen habe. Das gestern war nur das alberne Geschwätz eines Verrückten.

Morgen fliege ich zurück nach New York, worüber ich sehr froh bin.

Heute Abend war ich nicht mit Annie spazieren.

Olly

Montag

Pass auf dich auf, ~~meine~~ Annie

Olly ~~xx~~

25. bis 28. April

Freitag

Hallo, Annie, wir sind wieder da. Es ist so süß, dass die kleine Willow Rose Littleton hier im Cottage geboren wurde.

Jake und ich sind gerade dabei, unser neues Zuhause zu renovieren, darum ist es schön, mal eine Pause zu haben, selbst wenn es nur für ein Wochenende ist.

Rosie Hamilton

Hallo, Annie. Schön, wieder hier zu sein.

Jake Hamilton

Samstag

Heute geht es wieder an den Strand. Ich könnte jeden Tag am Strand spazieren gehen, ich liebe die Küste hier. Ich versuche gerade, Jake zu überreden, dass wir hierherziehen.

Boah! Soeben ist der Strom ausgefallen. Wir haben noch nicht zu Abend gegessen.

Ein kurzer Check hat ergeben, dass ganz Chalk Hill im Dunkeln liegt, und nach allem, was man so hört, wohl auch ganz Wells-next-the-Sea.

Rosie

Wow, was für ein unglaublicher Abend! Kurz nachdem der Strom ausgefallen war und wir uns fragten, was wir nun essen sollten, organisierte jemand auf der Dorfwiese eine Grillparty. Die Leute kamen aus ihren Häusern mit Hamburger-Patties, Hähnchen, Würstchen und was sie sonst noch in ihren Kühlschränken hatten. Annie lud uns ein mitzukommen, obwohl wir nichts zum Grillen beisteuern konnten. Es gab so viel zu essen und zu trinken, dass es für jeden im Dorf reichte. Jemand machte ein großes Feuer, und viele Leute gingen kurz zurück in ihre Häuser, um Decken und Polster zu holen. Wir saßen alle sehr lange zusammen, teilten uns das Essen, tranken heiße Schokolade und plauderten bis in die frühen Morgenstunden. Es gab einen unheimlich großen Gemeinschaftssinn.

Rosie

Immer noch kein Strom, aber ich war nie glücklicher als heute (außer natürlich am Tag meiner Hochzeit). Wir haben heute Abend ein paar echte Freunde gewonnen, und Annie zähle ich definitiv dazu.

Jake

Sonntag

Der Strom ist wieder da, pünktlich zum Frühstück. Ich bin mir nicht sicher, ob es so einfach gewesen wäre, Rühreier und Baked Beans auf dem Grill zuzubereiten.

Ich glaube, ich bin schwanger. Jake und ich sind frisch verheiratet, und eigentlich wollte ich die erste Zeit mit ihm alleine genießen, bevor wir eine Familie gründen. Aber wir sind uns einig, dass wir Kinder haben wollen. Jake hätte gern eine ganze Fußballmannschaft.

Rosie

Was? Das schreibst du in dieses Buch, statt es zuerst mir zu sagen?

Jake

Montag

Ich bin nicht schwanger. Obwohl ich mir mit dem Kinderkriegen noch Zeit lassen wollte, spüre ich trotzdem eine große Enttäuschung. Ich hatte mir bereits passende Vornamen überlegt. :(

Rosie

Rosie, mein Liebling, wir haben noch jede Menge Zeit. Ich liebe dich, und unser gemeinsames Leben hat gerade erst begonnen.

Annie, bis zum nächsten Mal.

LG, Jake

MAI 2014

2. bis 6. Mai

Wir hatten hier in Wells-next-the-Sea eine fantastische Zeit. Jack, unser Hund, liebt den Strand so sehr, dass wir ihn am Ende des Tages forttragen mussten. Keine leichte Aufgabe, wenn man bedenkt, wie groß er ist. Das Willow Cottage ist wirklich entzückend. Im »Frosch und Rhabarber« kann man fantastisch essen, dort sind sogar Hunde erlaubt, was für uns natürlich super war.

Phil und Sue Martin mit Jack dem Hund

10. bis 23. Mai

Samstag

Noch bin ich als Gast hier, aber bald werde ich dauerhaft in Chalk Hill wohnen. Mein neues Haus, »Die

Sandburg« genannt wegen der hellgelben Fassade, bekommt gerade eine dringend benötigte Renovierung. Ich habe mich hier im Cottage einquartiert, um die Arbeiten in meinem Haus zu beaufsichtigen und mit anzupacken, bevor ich in ein paar Wochen dort einziehen werde.

Ich habe die Vermieterin dieser hübschen Unterkunft hier noch nicht persönlich getroffen. Ich habe zwar mit ihr am Telefon gesprochen, aber bei meiner Ankunft war sie nicht da. Offenbar gab es ein Problem in ihrem Atelier, und so wurde ich stattdessen von Sophia Lorenzo in Empfang genommen.

Die Einheimischen, die ich bis jetzt getroffen habe, scheinen sehr freundlich und ungemein hilfsbereit zu sein. Ein Mann namens William bot mir sogar an, mir seine Kühe zu zeigen. Da ich ihn nicht kränken wollte, erklärte ich mich einverstanden und brachte eine recht langweilige Stunde damit zu, den Tieren beim Grasen zuzusehen und dem Mann zuzuhören, während er von seinen Kühen erzählte.

Annie, ich möchte mich gerne bei Ihnen bedanken für die Bücher, Karten und Broschüren über diesen Landstrich hier, die Sie mir zur Verfügung gestellt haben. Das alles wird mir in den kommenden Wochen eine große Hilfe sein.

Meine temporäre Nachbarin ist eine sehr hübsche Frau. Ich habe sie gerade hinten im Garten gesehen, wo sie die Hühner in ihr Gehege zurückscheuchte. Das muss die Enkelin von Annie Butterworth sein.

Wäre es schlechter Stil, wenn ich mit der Enkelin meiner Vermieterin ausgehen würde? Ich kann meine Augen nicht von dieser hübschen Erscheinung abwenden. Gott, dieser Po.

Ich habe gerade die blonde Schönheit aus dem Garten kennengelernt. Sie heißt auch Annie, wahrscheinlich ist sie nach ihrer Großmutter benannt. Sie wollte wissen, ob ich mich gut eingewöhnt habe, darum nehme ich an, dass sie sich um das Cottage kümmert, wenn ihre Großmutter nicht da ist. Ich werde dafür sorgen, dass ich mich von nun an in allen Belangen an die junge Annie wende. Sie ist wirklich bezaubernd. Das Kleid, das sie trug, schimmerte in der Sonne leicht transparent und brachte ihre schönen Beine zur Geltung. Schade wegen der breiten Latschen an den Füßen, sie ruinierten das Gesamtbild ein wenig, aber zumindest hatte Annie auf Socken verzichtet. Ich habe sie gebeten, mir täglich frische Eier vorbeizubringen.

Ich war gerade im Dorfladen einkaufen: lokale Milch, lokales Brot, lokalen Cider, lokalen Käse, lokale Butter und lokales Fleisch – behauptete jedenfalls die hochbetagte Dame, die mich bediente. Allerdings keine lokalen Kondome. Die alte Dame fand das sehr lustig. Sie kicherte immer noch über ihren kleinen Scherz, als ich den Laden verließ.

Barney Quinn

Sonntag

Heute ist der letzte Ruhetag, bevor morgen die Handwerker anrücken. Ich werde Annie zu einem Strandpicknick einladen und dafür die ganzen lokalen Produkte einpacken. Und zum Dessert gibt es ein nichtlokales Produkt! Na ja, nur für alle Fälle.

Barney

Ich habe Ihnen ein paar frische Eier vorbeigebracht. Es scheint hier übrigens ein kleines Missverständnis vorzuliegen. Ich bin dieselbe Annie Butterworth, mit der Sie am Telefon gesprochen haben, mir gehört das Willow Cottage. Die einzige Großmutter, die ich noch habe, heißt Cerise und lebt in Frankreich.

Danke für die reizenden Kommentare über meinen Po und meine Beine, das ist sehr nett von Ihnen. Es freut mich, dass Sie die lokalen Produkte kosten und auch die nichtlokalen. Es kann nie schaden, gut vorbereitet zu sein!

Ein Picknick klingt zauberhaft. Ich werde einen Chocolate-Chip-Cheesecake beisteuern, den ich heute Morgen gebacken habe. Der schmeckt viel besser als Kondome, die kauen sich nämlich wie Gummi!

Annie

Ich bin noch nie in meinem Leben so rot geworden. Annie fand das alles sehr lustig. Sie hat das bezauberndste Lachen, das ich jemals gehört habe.

Unser Picknick war sehr schön, wir haben viel miteinander geplaudert. Annie ist wirklich witzig und süß. Allerdings habe ich den Eindruck, dass sie etwas vor mir zurückhält. Bestimmt wurde sie in der Vergangenheit tief verletzt, höchstwahrscheinlich von irgendeinem miesen Exfreund, der sie betrogen hat. Annie und ich werden es zunächst ganz langsam angehen lassen.

Barney

Montag

Verdammt, die Handwerker sind heute Morgen in aller Herrgottsfrühe aufgetaucht. Ich gehe besser gleich mal rüber und koche den Männern einen Tee, bevor ich den Ausbau des Wohnzimmers und den Einbau der neuen Küche überwache.

Trotz der Tatsache, dass ich die besten Handwerker engagiert habe, die für Geld zu haben sind, und trotz der Tatsache, dass ich ihnen eine Extraprämie bezahle, wenn sie vorzeitig fertig werden, stehen sie viel herum und trinken Tee. Sie machten heute eineinhalb Stunden Mittagspause und hatten nicht mal all das Material und Werkzeug dabei, das sie benötigten.

Mein Tag hat sich gerade um tausend Prozent gebessert. Ich habe Annie nackt gesehen. O mein Gott, sie ist wunderschön! Sie hat auf dem Po ein kleines Muttermal und auf der Schulter eine längliche Narbe, aber sie ist in jeglicher Hinsicht perfekt.

Vielleicht sollte ich hinzufügen, warum ich sie nackt gesehen habe, schließlich bin ich kein schmieriger Spanner. Vorhin schlich ein Fuchs durch Annies Garten, und Annie entdeckte ihn, als sie gerade aus der Dusche stieg. Ohne einen Moment zu zögern, stürmte sie die Treppe hinunter und hinaus in den Garten, um den Fuchs zu verjagen, bevor er sich die Hühner schnappen konnte. Ich rannte natürlich auch in den Garten, um ihr zu helfen, obwohl der Fuchs bereits verschwunden war. Annie war es ein bisschen peinlich, dass sie nackt vor mir stand, aber sie hatte trotzdem den Anstand, mich zum Abendessen einzuladen. Ich erkundigte mich nach der Kleiderordnung und fragte Annie, ob ich genauso leger erscheinen sollte wie sie gerade. Sie antwortete, dass ich mir vielleicht eine Krawatte umbinden könnte. Ich bin tatsächlich in großer Versuchung, nur mit einer Krawatte bekleidet bei ihr aufzutauchen, aber ich darf nicht vergessen, dass wir es langsam angehen lassen wollen.

Barney

Dienstag

Ein toller Abend mit Annie, sie bringt mich unheimlich oft zum Lachen.

Barney

Ich habe dir nur kurz frische Handtücher vorbeigebracht. Ich fand den Abend gestern auch schön. Ich

werde heute den ganzen Tag im Atelier sein bis spät in die Nacht, aber vielleicht können wir am Donnerstag den Abend wiederholen.
Annie

Liebend gern.

Die Handwerker sind heute gut vorangekommen, trotz ihrer ständigen Teepausen.
Barney

Mittwoch

Hallo, Barney, hier ist Sophia, die Putzfrau, wir haben uns am Samstag kennengelernt. Normalerweise schaue ich einmal in der Woche vorbei, um das Cottage zu reinigen, aber wir hatten bisher noch nie einen Langzeitbewohner. Falls Sie lieber Ihre Ruhe haben möchten, statt von mir gestört zu werden, geben Sie Annie oder mir einfach Bescheid.

Annie läuft zurzeit mit einem breiten Grinsen im Gesicht herum, wegen der ganzen Dates mit Ihnen. Ich habe sie schon sehr, sehr lange nicht mehr so aufgeregt und glücklich gesehen. Sie hat zwei schwierige Jahre hinter sich, darum seien Sie einfach behutsam mit ihr. Haben Sie Geduld, und ich verspreche Ihnen, es wird sich lohnen. Annie ist ein großartiges Mädchen mit einem riesengroßen Herzen.

Ich habe gerade Schelte bekommen für meinen Kommentar. Annie widerstrebt es offenbar, Sie über ihre Vergangenheit aufzuklären, darum werde ich kein Wort mehr darüber verlieren. Obwohl es mir ein Rätsel ist, warum Annie davon ausgeht, dass im Dorf keiner was sagt.
Sophia

Ich bin nicht aus Porzellan, Sophia, man braucht mich also nicht mit Samthandschuhen anzufassen.

Obwohl ich durchaus verstehe, dass du nur auf mich aufpassen willst.
Annie

Jeder von uns schleppt seelischen Ballast mit sich herum, Sophia, ich bin mir sicher, der von Annie ist nicht schlimmer als der von anderen. Aber wenn Annie nicht darüber reden möchte, werde ich sie nicht bedrängen und auch sonst niemanden. Annie und ich möchten nichts überstürzen, und da ich bald dauerhaft in Chalk Hill leben werde, habe ich nicht die Absicht, Annie zu verletzen oder sie schlecht zu behandeln. Das wäre auch töricht, nicht zuletzt weil ich dadurch Ihren Zorn, Sophia, und den der zwölf anderen Dorfbewohner auf mich ziehen würde, die mir bereits empfohlen haben, mich von Annie fernzuhalten.
Barney

Barney, es tut mir leid, dass die Dorfbewohner sich veranlasst fühlten, dich vor mir zu warnen. Die Menschen hier sind sehr fürsorglich. Ich schwöre dir, dass ich keine schlimmen oder fiesen Krankheiten habe. Aber wenn du das Dinner lieber absagen möchtest, habe ich volles Verständnis dafür.

Annie x

Freut mich zu hören, dass du bei guter Gesundheit bist! Ich freue mich schon sehr auf unser Dinner morgen Abend. Selbst mit Mistgabeln bewaffnete Dorfbewohner werden mich nicht davon abhalten können.

Barney

Donnerstag

Nachdem ich den Handwerkern eine dicke Extraprämie in Aussicht gestellt habe, wenn sie bis Ende nächster Woche fertig werden, schuften sie nun wie die Ochsen. Ihr Teekonsum ist immer noch exorbitant, aber wenigstens trinken sie jetzt während der Arbeit.

Ich hatte heute wieder einen reizenden Abend mit Annie. Wir ließen uns den lokalen Cider schmecken und machten anschließend einen Spaziergang am Strand, der sehr enttäuschend verlief. Dabei hätte es nicht romantischer sein können mit dem Mond, der auf das Wasser schien, aber es kam nicht einmal zu einem Kuss. Es ist so frustrierend. Ich weiß, ich habe gesagt, dass wir es langsam angehen lassen, aber im Moment treten wir auf der Stelle.

Barney xx

Freitag

Ich habe dir frische Eier vorbeigebracht. Es tut mir leid, dass du von dem Abend gestern enttäuscht bist. Hier im Dorf und im nahen Umkreis gibt es etliche Singlefrauen, die sicher gerne dazu bereit wären, schneller voranzukommen. Wahrscheinlich wärst du mit einer von ihnen besser dran.

Annie

Meine liebe Annie, bitte ärgere dich nicht über mein betrunkenes Geschwätz von gestern, dieser Cider hat es echt in sich. Ich will keine andere Frau, ich will nur dich. Ich schätze, dass ich, nachdem wir uns noch nicht einmal geküsst haben, befürchtete, dass das, was ich eigentlich mit dir machen möchte, wohl in sehr ferner Zukunft liegt. Ich bin gerne bereit zu warten, aber ich möchte nicht einfach nur mit dir befreundet sein, ich möchte mehr, viel mehr. Falls du uns beiden in dieser Hinsicht keine Chance gibst, würde ich es lieber gleich erfahren.

Ich komme gerade von der Baustelle zurück. Die Küche ist fast fertig, und das Fundament für den Anbau steht.

Kein Wort von dir, Annie. Besser, ich nehme mich in Acht vor aufgebrachten Dorfbewohnern mit brennenden Fackeln.

Barney xxx

Samstag

Ich habe dich sehr gern, Barney, wirklich, und ich habe definitiv mehr als nur freundschaftliche Gefühle für dich. Ich bin mir bloß einfach nicht sicher, ob ich schon bereit bin für eine neue Beziehung. Das ist alles ziemlich ungewohnt für mich, und ehrlich gesagt habe ich mehr als nur ein bisschen Angst.

Annie

War gerade eine Runde joggen. Ich möchte dich nicht bedrängen, Annie, ich habe alle Zeit der Welt. Ich werde gleich zum Haus rübergehen, die Handwerker kommen heute für einen halben Tag. Ich würde dich heute Abend gerne bei mir zum Essen einladen. Aber dieses Mal lasse ich die Finger vom Cider.

Annie hat für heute Abend zugesagt, was um alles in der Welt soll ich bloß für jemanden auf den Tisch bringen, der selbst fantastisch kochen kann? Mein Kochtalent beschränkt sich auf »Irgendwas auf Toast«. Vielleicht ist ein Take-away die Lösung. Dann hätte ich auch mehr Zeit, um mit Annie zu plaudern.

Ich komme mir total mies vor. Ich hatte wieder einen wunderbaren Abend mit Annie, aber sie hat mir schließlich den Grund für ihre Zurückhaltung erklärt. Während ich dachte, sie hätte einfach nur schlechte Erfahrungen in der Liebe gemacht, hat sie in Wirklichkeit ihren Mann, ihre Sandkastenliebe, vor zwei Jahren verloren. Kein Wunder, dass sie zögert, den nächsten Schritt zu machen. Bestimmt hat sie Schuldgefühle und sorgt sich, was die Dorfbewohner von ihr denken könnten, besonders die Familie ihres Mannes, die auch hier lebt.

Barney

Sonntag

Bitte, Barney, du darfst dich nicht mies fühlen. Genau aus diesem Grund habe ich dir bisher nichts davon erzählt. Ich bekomme schon genügend Mitleid von den Einheimischen, da brauche ich deins nicht auch noch. Es war schön, eine Weile lang normal behandelt zu werden. Allerdings hatte ich das Gefühl, dass ich dir für meine Zurückhaltung eine Erklärung schuldig bin, darum habe ich es dir gesagt.

Ich habe keine Schuldgefühle, weil ich mich weiterorientiere. Mein Leben sollte nicht aufhören, nur weil Nick tot ist. Und es bereitet mir auch keine Sorgen, was die Leute von mir denken könnten. Von mir aus sollen sie denken, was sie wollen. Die meisten würden sich für mich freuen, und die anderen sind mir ohnehin egal.

Nicks Familie würde sich auch nicht querstellen. Sie erwartet nicht von mir, dass ich für den Rest meines Lebens Trauer trage. Nein, der einzige Grund für mein Zögern ist die Vorstellung, mit einem Mann zusammen zu sein, der nicht Nick ist. Das fühlt sich für mich sehr merkwürdig an.

Klopf an meine Hintertür, wenn du wach bist, vielleicht können wir zusammen einen Sonntagsausflug machen.

Annie x

Welch ein fantastischer Tag. Da ich fand, dass es Zeit war, dass Annies hübsches Lächeln wiederkehrte, fuhr ich mit ihr nach Great Yarmouth, wo wir den Pleasure Beach besuchten. Wir verbrachten den Tag mit Achterbahnfahren und Gokart-Wettrennen und aßen Zuckerwatte und Fish and Chips auf dem Pier. Mein persönliches Highlight war, dass Annie sich im Spukhotel an mich klammerte.

Barney xxx

Haha, du hast dich an mich geklammert! Du hattest Angst, und ich habe dich beschützt. Ganz herzlichen Dank für den Ausflug heute, ich hatte unglaublich viel Spaß.

Annie x

Mmmh, endlich ein Kuss!

Barney

Montag

Die Handwerker sind heute Morgen um sieben angerückt, offenbar sind sie scharf auf die Zusatzprämie.

Barney

Dienstag

Barney, ich habe kurzfristig eine Buchungsanfrage erhalten für nächste Woche, wenn Schulferien sind. Denkst du, du bist bis dahin umgezogen? Falls nicht, mach dir keine Gedanken.

Annie

Ja, eigentlich sollte ich bis zum Wochenende umgezogen sein. Das Haus sieht langsam richtig toll aus. Es ist zwar noch nicht ganz fertig, aber ich kann es kaum erwarten, dort einzuziehen. Am Freitag checke ich hier aus, dann bist du mich los.

Ich würde mich sehr freuen, wenn du mich besuchen kommst, damit ich dir das Haus zeigen kann. Ich möchte dich am Samstag zu einem Dinner in meiner neuen Küche einladen, und wenn dir hinterher der Nachhauseweg über die Wiese zu weit ist, kannst du gern bei mir übernachten.

Barney xxx

Ich nehme deine Einladung gerne an, aber ich glaube, ich bin in der Lage, hinterher alleine nach Hause zu finden.

Annie x

Okay, wenn du dir sicher bist. Ich würde es mir nie verzeihen, wenn du verloren gingest.

Barney xxx

Ich werde darüber nachdenken.

Annie x

Mittwoch

Ich mache mich jetzt auf den Weg, um Bettwäsche für mein neues Doppelbett zu kaufen. Ich kann es kaum erwarten, Freitagnacht zum ersten Mal in meinem neuen Zuhause zu schlafen und das Bett dann hoffentlich am Samstag einzuweihen.

Barney x

Barney, darf ich Sie kurz daran erinnern, dass Sie es langsam angehen lassen sollen?

Sophia Lorenzo

Sophia! Ich bin durchaus in der Lage, Nein zu sagen, falls ich noch nicht bereit bin.

Und Barney, bitte schreib nicht solche Dinge in das Gästebuch. Andere Leute werden das lesen, nachdem du weg bist.

Annie

Tut mir leid.

Barney x

Mir tut es auch leid, Annie. Ich mache mir Sorgen um dich, mehr nicht. Olly würde sich bestimmt auch Sorgen machen, wenn er davon wüsste.
Sophia

Genau aus diesem Grund braucht er nichts davon zu wissen. Wenn es nach Olly ginge, würde ich für den Rest meines Lebens Schwarz tragen und um seinen Bruder trauern. Willst du das auch?
Annie

Nein, natürlich nicht. Ich freue mich, dass du Spaß hast, wirklich. Ich möchte nur nicht, dass du verletzt wirst oder dass du dich in etwas hineinstürzt, ohne dass du dir wirklich sicher bist. Ich habe dich sehr lieb, und wenn du glücklich bist, bin ich es auch.
Sophia x

Ach, und Barney, wenn Sie Annie wehtun, werde ich Ihnen die Eier abschneiden und auf einem Teller anrichten.
Sophia

Zur Kenntnis genommen.
Barney

Sophia, du bringst mich wirklich zum Lachen. Ich bin durchaus selbst in der Lage, Barney die Eier abzuschneiden und sie auf einem Teller anzurichten,

wenn es sein muss. Schließlich bin ich ein Kochprofi.
Annie

Ähm, ich sorge mich inzwischen um die Sicherheit meiner Hoden. Vielleicht möchte Sophia bei unserem Dinner am Samstag die Anstandsdame spielen und dich danach sicher nach Hause geleiten. So bleiben deine Keuschheit und meine Geschlechtsorgane intakt.
Barney

Das wird nicht nötig sein.
Annie

Donnerstag
Ich habe den ganzen Tag Kisten ausgepackt und das Haus aufgeräumt, um es in ein Zuhause zu verwandeln, und jetzt bin ich völlig k. o. Als ich gerade zu vorgerückter Stunde in das Cottage zurückkehrte, entdeckte ich in der Küche eine frische Chicken Pie, die ich nur aufzuwärmen brauchte. Annie, ich glaube, ich habe mich tatsächlich noch ein bisschen mehr in dich verliebt.
Barney

Freitag
Herzlichen Dank für deine Gastfreundschaft in den letzten zwei Wochen. Ich freue mich auf unser Dinner morgen Abend, mit oder ohne Dessert.
Barney xxx

24. bis 31. Mai

Samstag
Mein Erziehungsurlaub ist bald zu Ende. Nächste Woche, nach den Ferien, kehre ich an die Schule zurück. Ich habe nun ein Jahr lang nicht mehr unterrichtet, seit Charlie auf der Welt ist, und ich habe es genossen, einfach nur Mutter zu sein. Charlie ist so schnell gewachsen, ich werde es vermissen, dass ich nicht mehr den ganzen Tag mit ihm verbringen kann. Obwohl ich mich auch darauf freue, meinen Verstand mit anderen Dingen zu beschäftigen als mit nassen Windeln, Windel-Explosionen und Schlafliedern. Glücklicherweise sind die Kinder, die ich unterrichte, alle schon sauber und längst aus den Schlafliedern herausgewachsen. Sie interessieren sich eher dafür, wer mit wem geht und ob Harry Styles schöner ist als Justin Bieber.

Laut den Vorhersagen soll das Wetter schön bleiben, zumindest für die nächsten paar Tage, also werden Sean und ich mit Charlie an den Strand

gehen und den letzten Rest unserer gemeinsamen Familienzeit genießen. Nächste Woche werde ich bis zum Hals in Klausuren und Konferenzen stecken, während Charlie seine Tage abwechselnd bei seinen Großeltern und in der Kinderkrippe verbringen wird.
Gemma Chadwick

Montag

Es ist jetzt Montag in den frühen Morgenstunden. Charlie hat mich die ganze Nacht wachgehalten; er bekommt entweder einen Zahn oder eine Erkältung. Da ich nichts machen konnte, außer ihn zu trösten, habe ich in diesem Gästebuch hier geblättert. Die Einträge bieten eine spannende Lektüre.

Annie, ich kann nicht glauben, dass Oliver Black Ihr Schwager ist. Ich liebe ihn! Seine Bücher und Filme finde ich auch nicht schlecht. Sean ist genauso begeistert von ihm, obwohl er ihn wohl eher für seine Arbeit schätzt als für seinen Körper. Ich denke, mein Mann schwärmt heimlich für Oliver Black! Jedenfalls verfolgt er die Berichte über ihn in der Klatschpresse eifriger als ich.

Ich muss Sie fragen, Annie, warum sind Sie nicht mit Oliver Black zusammen? Aus seinen Einträgen in diesem Buch geht klar hervor, dass er Sie anhimmelt. Ich habe diesen Barney zwar noch nicht zu Gesicht bekommen, aber er kann es doch sicher nicht mit dem großartigen Oliver Black aufnehmen, oder? Und wahrscheinlich werden Sie die nächste Frage

nicht beantworten, aber haben Sie denn nun am Samstag bei Barney übernachtet?
Gemma

Dienstag
Ja, das Gästebuch hat Richtungen genommen, die ich nie erwartet hätte. Offenbar fällt es den Leuten leichter, ihre Gefühle in diesem Buch hier auszudrücken, statt sie jemandem persönlich ins Gesicht zu sagen.

Oliver und ich sind nur gute Freunde, schon seit unserer Kindheit. Was Sie als »Anhimmeln« interpretieren, ist nichts weiter als eine liebevolle Zuneigung. Oliver betrachtet mich wie eine kleine Schwester, besonders seit ich seinen Bruder geheiratet habe. Nach Nicks Tod fühlte er sich für mich verantwortlich, aber eine Beziehung zwischen uns steht nicht zur Debatte. Sie wissen ja sicher aus den Klatschblättern, dass Oliver schon seit über zwei Jahren mit der schönen Schauspielerin Vivienne Lake verlobt ist.

Und was Barney betrifft, Barney ist süß, geduldig und sehr unterhaltsam. Und auch er sieht sehr gut aus. Wir hatten am Samstag einen wundervollen Abend, aber mehr will ich nicht verraten.
Annie

Mist! Dabei wissen Sie genauso gut wie ich, dass Olivers Beziehung mit Vivienne Lake eine totale

Farce ist. Ich habe selbst ein paar sehr enge Freundinnen, aber keine davon steht mir so nahe, wie Vivienne und ihre »beste Freundin« Darcy es tun. Wenn diese Sache zwischen Vivienne und Oliver echt ist, dann ist er entweder blind gegenüber der Tatsache, dass seine Verlobte lesbisch ist, oder er hat kein Problem damit und gehört zu den Männern, die gerne zusehen.

Gemma

Mittwoch

Soweit ich weiß, sind Oliver und Vivienne ein richtiges Traumpaar, das sich sehr liebt. Sie sollten nicht alles glauben, was in der Zeitung steht. Oliver ist ein lieber Kerl, aber die Presse stellt ihn immer als einen Weiberhelden dar, was einfach nicht der Wahrheit entspricht.

Annie

Gesprochen wie eine Frau, die bis über beide Ohren in ihn verliebt ist.

Es mag sein, dass man die Kommentare in den Klatschblättern nicht für bare Münze nehmen kann, aber Bilder lügen nicht. Nachdem Ihr Mann gestorben war, gab es über Monate hinweg Fotos von Ihnen und Oliver, auf denen Sie händchenhaltend am Strand spazieren gingen. Er hat jede Nacht in Ihrem Haus verbracht. Erzählen Sie mir nicht, dass zwischen Ihnen nichts passiert ist. Viele Beobachter

glauben, dass Olivers »Beziehung« mit Vivienne nur ein Ablenkungsmanöver war, damit die Presse Sie beide in Ruhe ließ.
Gemma

Es ist nichts passiert. Oliver und ich sind Freunde, nichts weiter. Als Nick starb, war ich völlig gebrochen, und Oliver blieb bei mir und half mir, die Scherben aufzusammeln.
Annie

Gemma, Sie sind hier Gast in Annies Haus. Nur weil Sie das Cottage für eine Woche bezahlt haben, gibt Ihnen das nicht das Recht, Annie über ihr Privatleben ins Kreuzverhör zu nehmen oder gemeine Andeutungen über sie und Oliver zu machen.
Sophia Lorenzo, Reinigungskraft

Schon gut, Sophia. Die Leute interessieren sich eben für Oliver Black und somit auch für Wells-next-the-Sea und die Menschen, mit denen er aufgewachsen ist. Sie werden sich ihr eigenes Bild von ihm machen, mit oder ohne meine Hilfe.
Annie

Annie, ich bitte um Verzeihung, falls ich Sie mit meinen Kommentaren gekränkt habe, das war nicht meine Absicht. Mein Verstand ist ganz benebelt von unnützem Klatsch, seit ich im Erziehungsurlaub bin, und eine Woche lang neben Ihnen zu wohnen

und damit stellvertretend neben Oliver Black ist das Aufregendste, was mir jemals passiert ist.
Gemma

Natürlich abgesehen von unserer Hochzeit und der Geburt unseres Sohnes. Annie, ich möchte mich bei Ihnen entschuldigen, normalerweise ist meine Frau nicht so versessen auf hirnlosen Promiklatsch. Durch das ständige Zuhausesitzen mit Charlie ist sie ein bisschen plemplem geworden. Das Cottage ist übrigens sehr gemütlich, und wir verbringen hier eine wunderbare Zeit am Strand.
Sean Chadwick

Donnerstag

Apropos Oliver Black, er hat es mal wieder in die Klatschspalten geschafft. Er und Vivienne wurden letzte Woche dabei beobachtet, wie sie sich in Covent Garden öffentlich stritten. Sieht ganz so aus, als wäre es mit der Liebe zwischen dem Traumpaar doch nicht so weit her, wie Sie dachten.

Tut mir leid, ich habe schon wieder damit angefangen.
Gemma

Freitag

Ich habe mir fest vorgenommen, dass meine letzten Einträge klatschfrei sein werden. Charlie liebt den Strand, er liebt die Wellen und das Planschen im seichten Wasser. Er liebt auch den Sand, so sehr, dass er sogar versucht, ihn zu essen.

Ich habe gerade Annie mit einem sehr großen und sehr schönen Mann draußen auf der Wiese gesehen. Ich schätze, das war Barney. Die beiden wirkten sehr vertraut miteinander, darum nehme ich an, dass sie am Samstag sehr wohl bei ihm geschlafen hat.

Tut mir leid, offenbar kann ich einfach nicht damit aufhören.
Gemma

Samstag
Danke, Annie, wir hatten hier eine großartige Woche. Viel Glück mit dem ganzen Barney/Oliver-Debakel. Es war toll, einen Insider-Blick in Ihr Leben zu gewinnen.
Gemma

Freut mich, dass Sie mein Leben unterhaltsam finden.
Annie

JUNI 2014

31. Mai bis 2. Juni

Samstag

Mich erwartet ein herrliches Wochenende mit meinen beiden Lieblingsmännern, Mark und Alfie.
Jac Rumsey

Ich glaube, wir wollten eigentlich schon letztes Wochenende kommen, über den Feiertag, aber Mark, mein Mann, hat sich bei der Buchung wohl im Datum vertan. Er behauptet allerdings, dass er von vornherein dieses Wochenende hier geplant hätte. Ich bin im Erziehungsurlaub, mich betrifft es nicht, aber Mark musste sich nun extra einen Tag freinehmen.

Mein Mann hat das Tragetuch zu Hause vergessen.
Und die Milchnahrung.
Und die Wickeltasche.
Ha, und seine eigenen Klamotten.
Jac

Du hast gesagt, du hast die Sachen in den Wagen gepackt.
Mark

Ja, die Sachen, die du neben die Tür gestellt hast. Du hast zu mir gesagt, das sei alles.
Jac

Keith hat sich bereit erklärt, uns die restlichen Sachen zu bringen. Er wird heute auf der Couch übernachten und morgen zurückfahren.
Mark

Gut für dich. Andernfalls müsstest du selbst zurückfahren.
Jac

Ich habe nur kurz vorbeigeschaut, um zu sehen, ob Sie sich gut eingewöhnt haben. Ich werde für Ihren Freund Keith das andere Schlafzimmer herrichten, ich möchte nicht, dass er auf der Couch schlafen muss. Michael und Shellie Atkinson aus Hausnummer zwölf haben einen Jungen, der ungefähr sechs Monate älter ist als Alfie. Sie haben die ganzen Babysachen aufgehoben für den Fall, dass sie ein zweites Kind bekommen. Die Atkinsons werden sicher nichts dagegen haben, Ihnen für die Dauer Ihres Aufenthalts ein paar Dinge zu leihen, das würde Keith die Fahrt ersparen. Ich werde die beiden mal fragen. Allerdings kann ich, was Marks Klamotten betrifft, leider nicht weiterhelfen.

LG, Annie

Danke für Ihr Angebot, Annie. Wir sind gerade erst von einem Spaziergang zurückgekehrt, und Keith ist bereits auf dem Weg hierher. Sollte er irgendwelche Babysachen vergessen, werden wir Ihnen Bescheid geben und uns von den Atkinsons gern etwas borgen. Sollte er Marks Sachen vergessen, müssen wir vielleicht der Vogelscheuche auf dem Feld die Kleider klauen.

Jac

Oho, nackte Vogelscheuchen, interessant.

Mark

Und wieder einmal kommt Keith zu eurer Rettung. Ich habe alles mitgebracht, was ihr mir aufgetragen habt, und ich habe das Fenster in der Küche zugemacht, das stand nämlich offen. Außerdem habe ich das Bügeleisen ausgesteckt, das einsam vor sich hin glühte, und ein stark verschimmeltes Brot weggeworfen.

Keith

MARK!!!

Jac

Sonntag

Frühstück à la Jac. Ich hoffe, Mark vergisst seine Sachen öfter, wenn ich auf diese Weise belohnt werde. Ich bleibe noch ein bisschen hier, um den Vormittag mit meinem Patensohn am Strand zu verbringen, und danach gibt es den berühmten Rumsey-Braten, bevor ich mich wieder auf den Nachhauseweg mache.

Keith

Danke, Alter. Hast du mein iPhone gesehen? Es scheint sich in Luft aufgelöst zu haben.

Mark

Montag

Ich liebe meinen Mann wirklich sehr. Heute Morgen ist er mit Alfie rausgegangen, damit ich ausschlafen konnte, und danach hat er mir sogar das Frühstück ans Bett gebracht.

Jac

Wir hatten ein wunderbares Wochenende. Im »Frosch und Rhabarber« kann man sehr lecker essen.

Danke für alles, Annie

6. bis 8. Juni

Freitag

Morgen gehen wir an der Küste vor Blakeney und Cley tauchen. Also heute Abend noch auf ein oder zwei Bier ins »Frosch und Rhabarber«, bevor wir morgen in aller Frühe starten, um die Ebbe zu erwischen.

Max

Die Tauchgebiete hier sind ziemlich spektakulär, besonders einige der tieferen Reviere abseits der Küste, aber da Lottie und Oz relativ wenig Taucherfahrung haben, bleiben wir dieses Wochenende in flachem Gewässer. Die Sicht ist im Herbst besser, wenn das Meer kühler ist, aber wir sollten trotzdem auf unsere Kosten kommen.

Jade

Und das Bier ist ein wesentlicher Bestandteil jedes Tauch-Wochenendes.

Oz

Samstag

Oh Mann, es ist so früh.

Lottie

Lottie, willkommen in der Welt der Taucher, unser Leben wird von den Gezeiten bestimmt.
Max

Aber warum müssen die Gezeiten so früh kommen?
Lottie

Du wirst sehen, es wird sich lohnen. Dein erster Tauchgang im Meer, bist du schon aufgeregt?
Jade

Ein bisschen ängstlich und ja, sehr aufgeregt.
Lottie

Wir werden auf dich achtgeben, und außerdem bewegen wir uns an diesem Wochenende nur in sehr flachen Abschnitten. Es wird nichts schiefgehen, das verspreche ich dir. Und nun geh und hol deinen Freund aus dem Bett.
Jade

Wir kommen gerade von einem Tauchgang zu der *Vera* zurück. Wir werden uns hier kurz stärken, bevor wir heute Nachmittag die nächste Ebbe nutzen für die *Amberley*.

Die *Vera* war fantastisch, so viel Meeresleben. Das Frachtschiff kollidierte 1915 vor der Küste von Cley und sank. Die Gezeiten haben dem Wrack ziemlich schlimm zugesetzt, aber es liegt nicht sehr tief, sodass man sagenhafte Bilder davon machen kann. Es gibt dort Krabben, Korallen und jede Menge Seeanemonen. Und massenhaft Barsche.

Oz

Ich bin so froh, dass Jade mir geraten hat, für den Tauchgang Cocktailwürstchen mitzunehmen – es war einfach fantastisch, die Barsche mit der Hand zu füttern. Max und Jade blieben dicht bei uns, aber es half, dass ich während der ganzen Zeit unter Wasser die Oberfläche sehen konnte.

Lottie

Seenadeln, Seesterne, kristallene Fadenschnecken – welch ein großartiger Tauchplatz! Die Anfänger haben sich bei ihrem ersten Mal im Meer sehr gut geschlagen. Und mir sind ein paar tolle Aufnahmen von dem Skelett der *Vera* gelungen.

Jade

Kommt schon, die *Amberley* ruft. Euer erster Tauchgang vom Schiff aus, das dürfte interessant sein.

Max

Sonntag

Wir sind gestern Abend sehr spät zurückgekehrt. Nach dem superspannenden Tauchausflug zur *Amberley* gingen wir abends in den Pub, um zu feiern. Heute Morgen haben wir die Ebbe verpasst, um uns

ein weiteres Wrack, die *Rosalie,* anzusehen, aber dafür haben wir am Nachmittag ein anderes spektakuläres Tauchrevier besichtigt. Ich könnte mich an so einen Tagesablauf gewöhnen. Allerdings ist es im Wasser verdammt kalt, selbst in unseren Trockenanzügen.
Oz

20. bis 23. Juni

Freitag
Ich bin hier, weil Norfolk viele Geistergeschichten hat, die mit seiner Vergangenheit verbunden sind: Seefahrer, die vor langer Zeit an seiner Küste zerschellten, Viktorianer, Stuarts, Tudors, ich kann sie alle spüren. Chalk Hill wurde an einer Stelle errichtet, die von mehreren Ley-Linien gekreuzt wird, und durch diesen Umstand wird der Ort zu einem Sammelpunkt für gefangene Geister.

Mit der Sommersonnenwende an diesem Wochenende wird die spirituelle Aktivität ihren Höhepunkt erreichen.

Arron Davenport, mein Geistführer, hat mir gesagt, dass vor allem der Dorfanger der Ort sein wird, an dem man diese Personen aus der Vergangenheit antrifft. Ich kann es kaum erwarten, endlich loszulegen.

Ich habe das Gefühl, ich sollte mehr zu meinem Geistführer erklären, schließlich will ich nicht den Eindruck erwecken, ich sei verrückt. Arron Davenport lebte im siebzehnten Jahrhundert und war Kapitän einer Fregatte, *The Grey Horse,* die für König Charles die kalten Nordländer erkunden sollte. Arron war nicht besonders erfolgreich. Gleich bei seiner ersten Fahrt setzte er das Schiff auf die Klippen, und die gesamte Crew ertrank. Arron erklärte mir einmal, dass er am liebsten Farmer geworden wäre und nur deshalb zur See fuhr, weil sein Vater das auch schon getan hatte. Dieser fand ebenfalls im Meer den Tod, als er versehentlich eine Kanone auf sein eigenes Schiff abfeuerte, das daraufhin spurlos verschwand. Aus den Aufzeichnungen geht nicht eindeutig hervor, wie es Arrons Vater gelungen ist, sein eigenes Schiff zu torpedieren, aber klar ist, dass die Davenports keine großen Seefahrer hervorbrachten. Ich stieß auf Arron während einer Séance; er sprach zu mir, und obwohl wir uns gar nicht so gut verstehen, sind wir enge Gefährten geworden.

Arron ist nicht glücklich darüber, dass ich seine nautischen Fähigkeiten infrage stelle. Aber die Tatsachen sind offiziell belegt.

Ich werde nun zu einem Spaziergang aufbrechen, um ein Feeling für die Umgebung zu bekommen, bevor morgen die große Zeremonie steigt.

Annie, wissen Sie, ob es erlaubt ist, auf dem Dorfanger ein Feuer zu machen?

Verity Forbes, offiziell bekannt als Verity die Seherin

Wir haben schon öfter auf der Wiese gegrillt und ein Feuer angezündet, ich sehe also keinen Grund, warum es nicht erlaubt sein sollte. Wir sind hier alle recht entspannt, die meisten Leute wird es gar nicht groß interessieren.

LG, Annie

Das ist gut.

Verity die Seherin

Ich komme soeben von meinem Spaziergang zurück. Chalk Hill brummt geradezu vor übersinnlicher Energie, es wimmelt hier nur so von Geistern. Ich werde später auf der Wiese eine Séance durchführen, um zu sehen, ob ich mit ihnen in Kontakt treten kann.

Ich habe heute Abend mit drei Seelen kommuniziert. Eine davon war sehr beunruhigt wegen eines Verlobungsrings, der am Strand gefunden wurde. Sie möchte, dass der Ring ins Meer zurückgeworfen wird, wo ihre Leiche und die ihres Geliebten unter dem Sand begraben liegen. Annie, wissen Sie etwas von diesem Ring? Falls Sie ihn haben, können Sie ihn mir ruhig anvertrauen, ich werde ihn dann seinen rechtmäßigen Besitzern zurückgeben.

Kennen Sie eine Mary? Sie war eine der Seelen, die gestern Abend zu mir gesprochen haben, und sie schien Sie zu kennen.

Verity die Seherin

Samstag
Die einzige Mary, die ich kenne, ist Mary Gillespie, die auf der anderen Seite der Dorfwiese wohnt und sich bester Gesundheit erfreut.
Annie

Dann vielleicht eine Marie oder May oder Myra? Manchmal kommen die Namen nicht klar durch.
Verity die Seherin

Nein, tut mir leid.
Annie

Nun, Mary hat mir jedenfalls erklärt, dass Sie eine schwierige Wahl treffen mussten, aber dass Sie in Ihrem Herzen wussten, was die richtige Entscheidung war.
Verity die Seherin

Ich wusste es. Dann also Käsetoast zum Lunch.
Annie

Bitte, verspotten Sie nicht meine Gabe.
Verity die Seherin

Ich bitte um Verzeihung. Es war nicht meine Absicht, Sie zu verspotten. Ich denke, viele Menschen kommen in die Situation, eine schwierige Entscheidung treffen zu müssen, vielleicht meinte Mary ja eine andere Person. Es erscheint mir merkwürdig,

dass jemand, der mir unbekannt ist, versucht, mir eine Botschaft zukommen zu lassen.
Annie

Ich gebe zu, es mag merkwürdig erscheinen, aber die Geisterwelt funktioniert eben auf geheimnisvolle Weise. Es ist nicht meine Aufgabe, diese Botschaften zu hinterfragen. Ich bin nur die Schnittstelle, die sie empfängt und weiterleitet.
Verity die Seherin

Hat Mary noch mehr gesagt?
Annie

Sie sagte, dass es in der Keksdose versteckt ist.
Verity die Seherin

Verstehe. Ich werde es mir merken.
Annie

Die dritte Seele war eher daran interessiert, mit Arron zu sprechen als mit mir. Die beiden unterhielten sich über verborgene Schätze und Schmuggler. Wirklich faszinierend, was alles direkt vor unserer Nase vergraben sein könnte.

Ich muss mich nun für die Zeremonie heute Abend vorbereiten. Sie sind herzlich eingeladen, mir später zur Sonnenwendfeier auf der Dorfwiese Gesellschaft zu leisten.
Verity die Seherin

Ich komme gern und sehe mir das mal an.
Annie

Ich habe die Kerzen, die Harfe und die Kristalle. Ich freue mich sehr auf die Zeremonie. Ich hoffe nur, die Dorfbewohner werden sie annehmen und sich nicht darüber lustig machen. Je mehr kommen, desto besser.
Verity die Seherin

Sonntag

Verity, ich habe nur kurz vorbeigeschaut, um zu sehen, ob es Ihnen wieder besser geht. Ihre Sonnenwendrituale gestern Abend waren sehr interessant, und ich denke, viele Dorfbewohner hätten durchaus länger zugeschaut oder vielleicht sogar mitgemacht, allerdings war wohl keiner von ihnen darauf vorbereitet, dass Sie sich komplett ausgezogen haben und splitternackt um das Feuer getanzt sind. Ihre Harfenmusik war sehr schön, und die ganzen Kristalle, die in den Bäumen hingen, sahen einfach magisch aus. Der Tanz selbst war … charmant. Ich denke, den männlichen Dorfbewohnern hat vor allem der Schüttel-Part gefallen. Ich weiß, Sie haben sich für das Ereignis in Schale geworfen. Welch ein Jammer, dass die goldene Körperfarbe und das Haarspray so leicht entflammbar waren. Gott sei Dank hat Gary aus dem Dart-Team schnell reagiert und sich auf Sie geworfen, um Sie dann auf dem Rasen hin und

her zu wälzen und so die Flammen zu ersticken. Nur blöd, dass er Sie dabei in den Teich gerollt hat, aber das hatte auch sein Gutes – immerhin wurde so die ganze Entenkacke abgewaschen, in der er Sie gewälzt hatte. Sie schienen keine Verletzungen davongetragen zu haben, und Gary hat Sie ja ziemlich gründlich untersucht, aber ich habe Ihnen trotzdem eine Brandsalbe hingelegt, nur für alle Fälle.
Annie

Ich habe mich so geschämt. Da versuche ich, den Geistern in der einzigen Nacht des Jahres, in der ihnen das Tor zu unserer Welt weit offen steht, ein professionelles Erscheinungsbild zu präsentieren, und sehe am Schluss aus wie eine ertränkte Ratte. Arron fand es zum Brüllen komisch, er sagte, das sei das Lustigste gewesen, was er in den letzten dreihundertvierundachtzig Jahren gesehen habe. Gary war sehr nett zu mir.
Verity die Seherin

Ich fand nicht, dass du wie eine ertränkte Ratte aussahst. Ich fand, du sahst hinreißend aus.
Gary

Oh … Hi, Gary, mir war nicht bewusst, dass du noch da bist.

Ich stand gestern Abend ziemlich unter Schock. Gary ist die Nacht bei mir geblieben, um sicherzustellen, dass es mir gut geht.

Verity die Seherin

Danke für die Salbe, Annie. Ich werde dafür sorgen, dass sie auf Veritys wunde Stellen kommt.
Gary

Ähm … Ich lasse euch beide mal machen.
Annie

Montag
Ich hatte ein schönes, unerwartet fantastisches Wochenende. Es ist möglich, dass wir uns schon bald wiedersehen. Vergessen Sie nicht, in der Keksdose nachzuschauen.
Verity die Seherin

So, jetzt, wo sie weg ist, muss ich fragen: Was war in der Keksdose?
Sophia

Oh Sophia, etwas Wundervolles, etwas Großartiges.
Annie

Vanillecremekekse?
Sophia

Ja, und noch etwas.
Annie

Vollkornkekse mit Milchschokoladenüberzug?
Sophia

Du kennst mich so gut.
Annie

Findest du nicht, du solltest deine Gäste in Zukunft auf ihre geistige Zurechnungsfähigkeit untersuchen lassen, bevor du sie bei dir aufnimmst?
Sophia

Wozu? Das macht das Leben doch interessanter.
Annie

Ich muss zugeben, ich habe Tränen gelacht, als Gary bei der guten Frau eine Mund-zu-Mund-Beatmung versuchte, obwohl sie eindeutig bei Bewusstsein war. Und ihr Harfengeklimper kann man wohl unmöglich als Musik bezeichnen.
Sophia

Stimmt, die Gute mag viele Talente haben, aber Musikalität gehört nicht dazu.
Annie

Gary schien trotzdem sehr beeindruckt zu sein von ihren anderen Talenten.
Sophia

Allerdings, schwer beeindruckt. Ich dachte eigent-

lich, die Stöhnlaute und Schreie, die ich in den letzten beiden Nächten nebenan gehört habe, seien Teil einer Geisterbeschwörung gewesen, aber im Nachhinein vermute ich, dass es doch etwas anderes war.
Annie

JULI 2014

28. Juni bis 5. Juli

Samstag
Hallo, Penelope, ich wollte dir nur kurz Bescheid geben, dass ich ab Mittwoch nicht mehr hier sein werde. Ich fahre für eine Woche oder so nach Tenby zu meiner Freundin Hetty, bevor die Hauptsaison anfängt. Hetty hat offenbar einen ziemlich schnuckeligen Gärtner namens Connor, den muss ich unbedingt kennenlernen! Da ich nach dir keine weiteren Buchungen habe bis Ende Juli, möchte ich das gerne ausnutzen.

Sophia Lorenzo wohnt in Hausnummer drei, das rosa Cottage auf der anderen Seite der Wiese. Sie wird sich um dich kümmern, falls es irgendwelche Probleme gibt.

Ich weiß, dass deine Freundin in ein paar Tagen nachkommen wird. Ich nehme an, wir brauchen das andere Schlafzimmer nicht herzurichten, oder?

LG, Annie

Ach, Annie, Penelope Pitstop? Hättest du stattdessen nicht Jessica Rabbit nehmen können?

Und nein, ein Bett genügt.
LG, ~~Vivienne Lake~~ Penelope Pitstop

Du hast definitiv die Figur, um Jessica Rabbit zu sein, aber Penelope Pitstop hat diese hübschen weißen Stiefel und diesen coolen pinken Roadster, und außerdem hat sie Schneid. Jessica Rabbit dagegen ist hinterlistig und falsch.
Annie

Das stimmt allerdings. Ich freue mich auf eine lange Woche der Erholung. Ich hatte seit achtzehn Monaten keine Pause mehr. Der Dreh von *Hinter verschlossenen Türen* war zwar sehr lustig, aber auch anstrengend.
Viv

Sei einfach froh, dass Olly sein Buch nicht selbst gefilmt beziehungsweise produziert hat. Es würde fünf Jahre dauern, bis er mit dem Ergebnis zufrieden ist.
Annie

Er ist eben ein Perfektionist.
Viv

Und dann ist er mit dir zusammen?
Annie

Haha! Du bringst mich zum Lachen, Annie. Es ist schön, dich wiederzusehen.
Viv

Wie läuft es eigentlich zwischen euch beiden?
Annie

Vor der Kamera oder dahinter? Abseits der Presse verstehen wir uns prächtig. Olly schäkert oft mit mir herum, obwohl ich ja ganz offensichtlich nicht auf ihn stehe. Für die Paparazzi und die Fotografen kriselt es jedoch zwischen dem Traumpaar. Die Klatschpresse liebt eben ein bisschen Drama. Obwohl, wenn ich ehrlich bin, Ollys Anspannung ist realer, als es mir gefällt. Der Mann muss unbedingt flachgelegt werden, er hatte seit über zwei Jahren keine Frau.
Viv

Wirklich, seit über zwei Jahren?
Annie

Ja, seit … Shit, tut mir leid, Annie, wie unsensibel von mir.
Viv

Mach dir keine Gedanken. Komm heute Abend zum Essen rüber, damit ich nicht jedes Mal in dieses Buch schreibe, wenn ich daran vorbeikomme, während ich eigentlich die verdammte Waschmaschine

reparieren will. Ich sollte vielleicht ernsthaft in Erwägung ziehen, einen Installateur zu rufen. Ich kann eben nur so viel, wie mein lieber alter Dad mir beigebracht hat, bevor er starb.
Annie

Nein, ruf keinen Installateur. Ich sehe dir gern dabei zu, wenn du in diesem heißen blauen Overall herumfummelst. ;-)
Viv

Ich bitte um Verzeihung, mir war nicht bewusst, dass ich in einem billigen Achtzigerjahre-Porno mitspiele.
Annie

Haha! Ich komme nachher liebend gern zu dir. Jetzt sollte ich aber besser an meiner Autobiografie weiterarbeiten. Als würde sich jemand für meine Lebensgeschichte interessieren! Ich bin fünfundzwanzig, ich hatte bisher noch kein wirklich nennenswertes Leben.
Viv

Außer dass du seit deinem siebten Lebensjahr ein berühmter Hollywoodstar bist.
Annie

Ach ja, das.
Viv

Sonntag

Ich kann mich nicht erinnern, wann ich das letzte Mal so lange geschlafen habe. Ich wurde erst kurz nach Mittag wach, und das auch nur, weil der Duft von gebratenem Speck zu mir hochwehte und mein Magen zu knurren begann. Ich tappte verschlafen hinunter in die Küche, wo Annie gerade ein Megafrühstück für mich zubereitete. Wäre sie nicht bereits vergeben, ich würde sie auf der Stelle heiraten.

Scheiß auf Olly, wer zuerst kommt, mahlt zuerst. Ich werde mit Annie nach Gretna Green fahren, dann sollten wir bis heute Abend verheiratet sein. Das wird der Presse reichlich Zündstoff liefern. Annies Frühstück war das Beste, was ich jemals gegessen habe.

Ich habe gerade eine SMS an Olly geschickt, um seinen professionellen Rat einzuholen. Meine Autobiografie langweilt mich, und dabei ist es meine Geschichte! Olly riet mir, überall dort, wo es möglich sei, auszuschmücken, zu übertreiben und zu lügen und nur eine kleine Prise Wahrheit einzustreuen. Sollte meine Story dann immer noch langweilig klingen, »eliminier einfach ein paar Hauptfiguren, das hält die Leser garantiert bei der Stange«. Ich habe nichts gegen den Vorschlag, meine Geschichte hier und da auszuschmücken, aber ich denke, es würde ein bisschen zu weit gehen, wenn ich Johnny Depp und George Clooney eliminiere.

Olly hat gerade eine zweite SMS hinterhergeschickt mit dem Tipp, dass ich das Kapitel über unsere Trennung vorziehen und über den großen Verlust schreiben soll, den ich empfunden hätte. Er hat recht, bis das Buch in die Regale kommt, wird es zwischen uns aus sein. Ich muss die richtigen Worte finden, um meinen Liebeskummer auszudrücken. Untröstlich, verzweifelt, todtraurig. Haha, Olly hat recht, dieses Kapitel wird bestimmt lustig. Völlig frei erfunden, aber lustig.
Viv

Ich werde diese Seiten hier zusammenkleben müssen, wenn du wieder weg bist. Du gibst zu viel preis. Andere Menschen werden das hier lesen, weißt du.
Annie

Ich bin Penelope Pitstop. Die Leute werden kein Interesse an meinem kleinen alten Ich haben.
Viv

Hmmm <:-(
Annie

Okay, okay, ich werde von nun an verschlüsselt schreiben.

Die blaue Kuh fliegt im Winter nach Osten.
Viv

Verschlüsselung funktioniert nur, wenn die andere Person den Code kennt.
Annie

Spielverderberin.
Die schwarze Krähe hat grüne Augen.
Viv

Klar, das habe ich jetzt verstanden.
Annie

Montag
Okay, Annie, ich habe eine kleine Geschichte aufgeschrieben, vielleicht kannst du mir mit dem Schluss helfen.

Es waren einmal ein Rabe und eine Krähe, die waren Brüder. Sie wuchsen zusammen auf und machten alles gemeinsam. Bei ihren Abenteuern wurden sie oft von einer blassgoldenen Taube begleitet.

Die Taube war sehr schön, und während alle drei heranwuchsen, versuchten der Rabe und die Krähe auf unterschiedliche Weise, die Taube zu beeindrucken, in der Hoffnung, ihr Herz zu gewinnen. Aber es hatte den Anschein, als würde die Taube beide gleich lieben, als könnte sie niemals eine Wahl zwischen ihnen treffen.

Während der Rabe sich danach sehnte, aus dem kleinen Wald, in dem sie lebten, herauszukommen, war die Krähe dort glücklich und träumte davon, eine Familie zu gründen. Für die Taube war das letzten Endes der ausschlaggebende Punkt.

Auch die Taube träumte von der Freiheit, aber sie hatte nicht gerade eine glückliche Kindheit erlebt. Ihre Mutter war immer wieder fortgeflogen, oft verschwand sie für mehrere Wochen oder gar Monate, ohne einen Pieps von sich hören zu lassen. Als die Taube sechzehn war, schwirrte ihre Mutter wieder davon und kehrte nie mehr zurück.

Der Rabe erkannte, dass die Taube Beständigkeit brauchte und dass er ihr diese niemals würde geben können. Er war jung und impulsiv. Er trank und rauchte, und manchmal rauchte die Taube mit. Sie war jung und unschuldig, und der Rabe wollte, dass sie so blieb. Er wusste, mit ihm würde sie nur auf die schiefe Bahn geraten. Er langweilte sich schnell, und die Vorstellung, sich für den Rest seines Lebens an einem Ort niederzulassen, machte ihm Angst. Er wollte um die Welt reisen, ohne jemals Wurzeln zu schlagen. Er wusste, würde er die Taube fragen, ob sie mitkäme, würde sie wahrscheinlich Ja sagen, aber dann würde ihr die Beständigkeit fehlen, die sie so sehr brauchte.

Der Rabe wusste auch, dass die Krähe die Taube nicht weniger liebte als er, und er brachte es nicht übers Herz, seinem kleinen Bruder wehzutun, indem er die Taube mit sich nahm. Also verließ er den kleinen Wald alleine, um sein Glück in der weiten Welt zu suchen, und ließ die Taube in den sicheren, schützenden ~~Händen~~ Flügeln seines Bruders zurück.

Als der Rabe nach einiger Zeit in den kleinen Wald zurückkehrte, waren die Krähe und die Taube glücklich verheiratet, wie er es vorausgeahnt hatte, und abgesehen von dem brennenden Stich in seinem Herzen wusste er, dass alles seine Richtigkeit hatte.

Fünf lange Jahre lebten die Krähe und die Taube glücklich und zufrieden, bis über beide Ohren ineinander verliebt, während der Rabe durch die Welt reiste, zahlreiche Freundschaften schloss und versuchte, den Stich in seinem Herzen zu verdrängen, indem er sich mit vielen anderen hübschen Vogelweibchen vergnügte.

Dann geschah das Unglück. Eines kalten Winters, als der Rabe gerade in der Heimat war, um seinen Bruder und die Taube zu besuchen, passierte ein schrecklicher Unfall, bei dem die Krähe ihr Leben verlor.

Anstatt gleich nach der Beisetzung in sein Leben voller Jux und Tollerei zurückzueilen, blieb der Rabe an der Seite der Taube und kümmerte sich um ihr gebrochenes Herz. Er wusste, dass er sein altes Leben bereitwillig aufgeben würde, um für immer bei der Taube zu bleiben. Er liebte sie, hatte sie immer geliebt, und wo sie war, würde fortan sein Zuhause sein. Es schien, als erwidere die Taube seine Gefühle, als habe ihre Ehe mit der Krähe die Liebe nicht gemindert, die sie für ihn empfand.

Aber dann plötzlich, nur sieben Monate nach dem Tod seines Bruders, floh der Rabe zurück in sein altes Leben. Obgleich er die Taube immer noch liebt und sie ihn, gibt es da offenbar etwas, was die Liebenden zurückhält.

Mittlerweile sind zwei Jahre vergangen, seit die Krähe starb, und die beiden Turteltäubchen sind nach wie vor nicht fähig, den entscheidenden Schritt zu machen. Werden sie jemals wieder vereint sein, oder sind sie dazu bestimmt, ihr Leben allein zu bestreiten, ohne dass die Lücke in ihren Herzen jemals gefüllt wird?

Viv

Shit, Annie, tut mir leid, es war nicht meine Absicht, dich zum Weinen zu bringen.

Viv

Dienstag

Ich fühle mich schrecklich. Es tut mir so leid, Annie, ich wollte dich nicht verletzen. Bitte, mach die Tür auf.

Viv

Ich war den ganzen Tag in meinem Atelier. Es ist alles okay. Ich werde heute früh schlafen gehen, weil ich morgen rechtzeitig nach Tenby aufbrechen möchte. Wir werden uns vor deiner Abreise wahrscheinlich nicht mehr sehen. Pass auf dich auf.

Annie

Es ist offensichtlich nicht alles okay. Weißt du, Olly und ich waren eines Abends ziemlich betrunken, und da hat er mir sein Herz ausgeschüttet. Ich dachte, du wüsstest Bescheid, dass er dich über alles liebt und immer geliebt hat. Ich dachte, das Einzige, was dich zurückhält, ist der Umstand, dass du nach Nicks Tod noch nicht so weit bist. Aber dann habe ich das mit Barney gelesen und dass du wegfährst, um mit einem schönen Gärtner namens Connor zu flirten, und da wurde mir klar, dass du inzwischen bereit bist für den nächsten Schritt. Aber warum machst du ihn nicht mit Olly?
Viv

Olly liebt mich nicht. Dieses wirre Zeug, das er dir in seinem betrunkenen Zustand erzählt hat, war nicht mehr als das – wirres Zeug eben.

Olly sprach schon in unserer Jugend davon, dass er fortgehen würde, dass er die Welt sehen wolle. Genau wie meine Mutter. Als er achtzehn wurde, kaufte er sich ein Flugticket nach Amerika. Ich flehte ihn an, nicht zu gehen, ich sagte ihm, dass ich ihn liebte, weil ich hoffte, er würde es sich anders überlegen, wenn er etwas hatte, das ihn hier hielt. Aber ich war ihm nicht genug. Ich konnte mir ein Leben ohne Olly nicht vorstellen, und als er weg war, fühlte es sich an, als wäre mir die eine Hälfte meines Herzens herausgerissen worden. Aber die andere Hälfte meines Herzens gehörte Nick. Ich liebe beide Männer, ich habe sie immer geliebt und werde sie immer lieben. Aber Olly hat sich geirrt. Ich sehnte mich zwar nach Freiheit, aber ich hätte es niemals übers Herz gebracht, meinen Vater zu verlassen, nicht nachdem meine Mutter sich aus dem Staub gemacht hatte. Und ich brachte es auch nicht übers Herz, Nick zu verlassen. Hätte ich mich zwischen Nick und Olly entscheiden müssen, wäre ich dazu niemals in der Lage gewesen. Aber zufällig brauchte ich mich nicht zu entscheiden. Olly erwiderte meine Gefühle nicht im selben Maße und ging fort.

Nach Nicks Tod blieb Olly fast sieben Monate bei mir, er schlief mit mir in einem Bett, er hielt mich fest, während ich mich in den Schlaf weinte. Natürlich passierte nichts zwischen uns. Ich war in einem schlimmen Zustand und nicht dafür bereit. Ich weiß, die Presse hat Olly niedergemacht, weil er angeblich in das Ehebett seines Bruders sprang, noch bevor es kalt war. In den Zeitschriften sah man uns händchenhaltend am Strand oder wie Olly seinen Arm um mich legte. Aber es lief nichts zwischen uns.

Bis zu dem Abend vor Ollys Abreise. Wir betranken uns, wir schliefen miteinander, und am nächsten Tag floh er Hals über Kopf. Wir redeten ein halbes Jahr lang nicht miteinander. Offiziell war er ja mit dir verlobt, schon vor Nicks Tod. Eine Weile dachte ich, du seist der Grund für seinen überstürzten Aufbruch gewesen, dass er sich schuldig fühlte, weil er dich betrogen hatte, oder dass deine Geduld mit der trauernden Witwe schließlich zu Ende wäre. Erst als ich dich kennenlernte, wurde mir bewusst, dass ihr nur eine Scheinbeziehung führt. Aber wenn Olly nicht wegen dir vor mir abgehauen ist, dann, weil er mich nicht wollte. Das war Mitleidsex, schlicht und einfach. Bestenfalls Trauersex.

Daher ist deine Geschichte, so hübsch sie auch klingen mag, nichts weiter als ein Märchen.

Und ich werde definitiv diese Seiten hier zusammenkleben, sobald du weg bist.

Annie

Mittwoch

Verdammt. Ich kann nicht glauben, dass du dich gestern Abend hier hereingeschlichen hast, um das alles zu schreiben, und nun bist du fort. Wir sollten darüber reden. Obwohl, mit wem du eigentlich reden solltest, ist Olly. Der Dummkopf hätte dir erklären sollen, wie es um seine Gefühle bestellt war und warum er davonlief.

Meine Schuldgefühle sind leicht verdrängt worden durch die Ankunft der schönen Darcy Burbridge.

Viv

Viv, Penelope, welchen Namen du auch immer gerade verwendest, du bist unglaublich indiskret. Du warst doch diejenige, die unsere Beziehung geheim halten wollte. Du warst diejenige, die gesagt hat, die englische Öffentlichkeit sei noch nicht bereit dafür, dass ihr Nationalheiligtum lesbisch ist. Olly hat sich sehr große Mühe gegeben, dich bei dieser Farce zu unterstützen, und dann plapperst du seine privatesten Geheimnisse in diesem Buch hier aus und machst auch vor unseren nicht halt. Wenn du willst, dass die Leute es erfahren, gehe ich sofort raus und verkünde es von allen Dächern.

Darcy

Darcy, sei nicht verrückt. Ich habe dich vermisst, und die Heimlichtuerei treibt mich in den Wahnsinn.

Viv

Mich auch, doch ich habe nicht vor, Olly und Annie mit uns in den Abgrund zu ziehen. Sobald der richtige Zeitpunkt gekommen ist, wird Olly dir den Laufpass geben, und du kannst dich dann wie geplant von mir trösten lassen. Aber nicht eher. Und ich werde eigens diese Seiten zusammenkleben, bevor wir abreisen.

Darcy

Donnerstag

Liebe Annie, vielen Dank, dass ich hier zu Gast sein darf. Es gibt buchstäblich keinen einzigen Ort auf der Welt, an dem Viv und ich uns zusammen zeigen können, ohne von Paparazzi belästigt zu werden. Es ist zwar allgemein bekannt, dass Viv und ich beste

Freundinnen sind, aber wenn man uns zusammen in Hotels sieht, wird man schnell Verdacht schöpfen. Das Hotelpersonal ist oft besonders indiskret, und es würde sich schnell herumsprechen. Hier dagegen fühle ich mich sicher, sicher genug, um endlich mit der Frau zusammen zu sein, die ich liebe.

Deine Nachbarn sind sehr loyal zu dir und damit auch zu uns. Hier interessiert es keinen, wer wir sind, und die Presse wird uns hier niemals finden.

Es tut mir leid, falls diese Scheinverlobung von Viv und Olly dir Probleme bereitet oder falls Viv dich mit ihrer großen Klappe gekränkt hat. Ich kenne Olly inzwischen ganz gut, ich habe in seinem Haus in New York gewohnt. Viv sagt die Wahrheit. Olly ist verrückt nach dir, so viel ist klar. Er hat überall Fotos von dir, selbst als Hintergrundbild auf seinem Laptop. Tut mir leid, dass du es von mir beziehungsweise von Viv erfahren musst statt von dem Dummkopf selbst.

Darcy

Freitag

Ein zauberhafter Tag am Strand. Wir blieben hauptsächlich in den Dünen, es war sehr ruhig und romantisch.

Ich mache mir immer noch schlimme Vorwürfe. Annie, du bist die letzte Person auf der Welt, der ich wehtun wollte. Ich weiß nicht einmal genau, wie ich das geschafft habe. Es ist doch eigentlich gut, dass

du erfahren hast, wie sehr Olly dich liebt. Er liebt dich, du liebst ihn, Butterbing, Butterbum!
Viv

Samstag
Wir reisen heute ab. Ganz herzlichen Dank für deine Gastfreundschaft.

Du wirst mir auch das wahrscheinlich nicht danken, aber ich habe Olly erzählt, was ich getan habe. Er war stinksauer. Wahrscheinlich ist er schon auf dem Weg hierher.

Ich hoffe, es klärt sich alles zwischen euch.
Viv

7. Juli bis?

Montag
Ich bin gerade aus New York gekommen, um mit Annie zu reden, und musste feststellen, dass sie gar nicht da ist. Sophia hat mich widerstrebend in das Cottage gelassen. Ich werde dort so lange bleiben, bis Annie zurückkehrt.

Wenigstens komme ich so zum Schreiben, schließlich ist Annie nicht da, um alle paar Minuten an meine Tür zu klopfen.
Olly

Dienstag

Bei meinem letzten Besuch habe ich Annie empfohlen, Twitter geschäftlich zu nutzen. Ich dachte, wenn sie spezielle Angebote und Aktuelles aus der Region posten würde, hätte sie eine weitere Möglichkeit, um auf das Willow Cottage aufmerksam zu machen. Annie erklärte sich bereit, Twitter zunächst für sich selbst auszuprobieren und sich damit vertraut zu machen, bevor sie einen Account auf den Namen »Willow Cottage« eröffnete. Ich richtete einen privaten Account für sie ein und zeigte ihr, wie man ihn benutzte.

Der Schuss ging spektakulär nach hinten los. Als einer von Annies wenigen Followern erhalte ich nun fortlaufend Updates aus ihrem Urlaub. Tweets wie »War heute mit Connor am Strand« oder »Connor ist der schönste Mann, den ich jemals gesehen habe« oder »Connor und ich machen einen Ausflug nach Skomer Island« oder »Es kann sein, dass ich mich verknallt habe« kotzen mich voll an.

Ich habe Annie angerufen und ihr getwittert, aber sie hat darauf nicht reagiert. Sie scheint mich absichtlich zu ignorieren.

Olly

Mittwoch

Annie, hat Vivienne das mit dem Geld erwähnt? Ist das der Grund, warum du auf mich sauer bist?

Ich musste dir das Geld geben. Ohne Nicks Einkommen wärst du niemals in der Lage gewesen, die

Hypothek für das Haus und das Cottage aufzubringen. Nick war natürlich nicht versichert, das habe ich nur gesagt, damit du das Geld annimmst. Selbst wenn Nick versichert gewesen wäre, welche Art von Versicherung würde wohl zwei Millionen Pfund ausbezahlen?

Ich musste sicherstellen, dass du finanziell zurechtkommst. Bei allem, womit du damals zu kämpfen hattest, wollte ich dir wenigstens Geldsorgen ersparen. Und immerhin ist es meine Schuld, dass Nick tot ist. Das hast du zwar nie laut gesagt, aber bestimmt gedacht. Ich saß am Steuer. Ich hätte etwas machen müssen, schneller reagieren müssen, irgendwas, um dem anderen Wagen auszuweichen.

Olly

Donnerstag

Ich bin stinksauer. Sally Jenkins, auch eine von Annies Followern, hat getwittert, dass sie mehr Details über Connor erfahren möchte. Annies Antwort lautete, dass Connor auf jede erdenkliche Weise großartig sei.

Ich bin wirklich auf hundertachtzig, Annie. Ich habe dir die ganze Kohle sicher nicht gegeben, damit du mit dem Erstbesten, der dir über den Weg läuft, ins Bett springst. Zuerst ich, dann Barney und jetzt Connor. Du bist nicht der Mensch, für den ich dich gehalten habe. Hat Nick dir denn gar nichts bedeutet? Und wie kann man einen so saublöden Namen haben wie Barney? Hört sich an wie ein verschissener Dinosaurier.

Ich habe gerade die zusammengeklebten Seiten mit den Einträgen von Vivienne und Darcy auseinandergefummelt. Ich kann nicht fassen, dass du behauptest, du hättest mich die ganze Zeit geliebt, in der du mit Nick verheiratet warst. Weißt du, wie sehr mich das ankotzt? Hältst du überhaupt nichts von Treue? Was glaubst du, wie Nick sich fühlen würde, wenn er das wüsste?

Ich werde so lange deine Nummer wählen, bis du drangehst.

Olly

Freitag

Wenn ich Hettys Adresse wüsste, würde ich auf der Stelle losfahren und dich persönlich nach Hause schleifen.

Was damals in jener Nacht zwischen uns passiert ist, war ein Fehler. Es wird nie wieder so weit kommen. Ich zumindest besitze die Integrität, das Andenken meines Bruders zu ehren, was dir ja offenbar völlig abgeht.

Olly

Samstag

Ich habe Annie eine SMS geschickt und auch auf ihre Mailbox gesprochen, dass es im Willow Cottage gebrannt habe. Sie hat mich umgehend zurückgerufen, und ich habe ihr erklärt, dass sie so schnell wie möglich herkommen soll.

Ich bin nicht besonders stolz auf mich. Annie klang richtig erschüttert. Aber wenigstens kommt sie jetzt nach Hause, und dann können wir über alles reden.

Verdammt. Die Fahrt von Tenby nach Chalk Hill dauert gute sieben Stunden, wenn nicht sogar länger. Annie muss durch den Regen fahren, müde und mitgenommen. Verdammt, was habe ich getan? Wenn ihr etwas zustößt, werde ich mir das nie verzeihen.

Olly

Sonntag

Es ist jetzt Sonntag in den frühen Morgenstunden. Wo zur Hölle bleibt sie?

Sie ist da. Gott sei Dank. Sie wird ziemlich angepisst sein.

Verdammt! Ich hasse es, mich mit Annie zu streiten. Nicht nur, dass ich mir dann vorkomme, als würde ich einen Welpen treten, sie ist auch noch meine beste Freundin. Ich kann nicht schlafen, ich bin so aufgewühlt.

Wir haben uns angeschrien, bis unsere Kehlen wund waren. Wir haben uns noch nie zuvor angeschrien. Ich war damals wütend, nachdem wir miteinander geschlafen hatten, aber als Annie am nächsten Tag weinte, brachte ich es nicht über mich, sie anzuschreien, also ging ich einfach. Aber nun … Gestern brach alles heraus, und ich verabscheue es. Ich verabscheue, was aus mir geworden ist.

Es ist jetzt fast Mittag, und ich habe Annie nicht mehr gesehen, seit sie letzte Nacht in ihr Haus hinüberstolzierte. Wahrscheinlich ist sie völlig geschafft.

Ich werde einen Spaziergang am Strand machen, um einen klaren Kopf zu bekommen.

Olly

Ich bin so wütend auf dich. Ich war in meinem ganzen Leben noch nie so wütend.

Mein erster Urlaub seit Nicks Tod, und du ruinierst ihn mit deiner absurden Eifersucht, deinen unangebrachten Schuldgefühlen und deinem Zorn.

Du musst aufhören, dir an dem Unfall die Schuld zu geben. Ich mache dir nicht den geringsten Vorwurf. Du hättest es nicht verhindern können, und es war nicht dein Fehler. Glaubst du ernsthaft, ich wünschte, du wärst an Nicks Stelle gestorben? Ich kann nicht fassen, dass du das letzte Nacht gesagt hast. Dieser Gedanke ist mir niemals in den Sinn gekommen. Ich war einfach nur dankbar, dass ich in jener Nacht nicht gleich meine beiden besten Freunde verloren hatte.

Du hast mir zwei Millionen Pfund gegeben, um dein Gewissen zu beruhigen? Wie dumm von mir zu glauben, das Geld stamme von Nicks Versicherung. Ich habe noch das meiste davon. Ich werde gleich morgen veranlassen, dass es an dich überwiesen wird. Ich nehme deine Abfindung nicht an. Ich werde auf das Haus wieder eine Hypothek aufnehmen und dir dann den Rest zurückzahlen. So kommst du wenigstens nicht mehr auf die Idee, dass du das Recht hast, mir zu sagen, was ich mit meinem Leben anfangen soll.

Und was diese eine Nacht betrifft, ich bedauere sie nicht eine Sekunde. Das war kein Fehler, na ja, jedenfalls für mich nicht. Ich habe am nächsten Tag geweint, weil ich gefühlsmäßig so durcheinander war. Trauer ist eine komplizierte Sache, wie dir sicher bewusst ist. Ich habe geweint, weil ich mich nicht schuldig fühlte, nachdem ich mit dir geschlafen hatte, aber gleichzeitig das Gefühl hatte, ich sollte mich schuldig fühlen. Weil ich es verdammt noch mal genossen habe, während du wütend warst, weil wir es geschehen ließen. Ich habe geweint, weil ich wusste, dass du weglaufen würdest, wie du das immer getan hast, wenn es brenzlig wurde. Ich habe geweint, weil ich wusste, dass dein Weggang fast genauso schmerzen würde, als würde Nick noch einmal sterben.

Soll ich mich wie ein Stück Dreck fühlen, weil ich dich liebe, weil ich dich die ganze Zeit geliebt habe, auch als ich mit Nick verheiratet war? Tja, tue ich nicht. Dich zu lieben heißt nicht, dass ich Nick nicht geliebt hätte. Ich musste mich nie mit Nick »zufriedengeben«. Ich hatte den besten Ehemann der Welt, meinen besten Freund. Ich liebte ihn von Tag zu Tag mehr, den wir miteinander verbrachten, und es gab keinen einzigen Augenblick, in dem ich mir gewünscht habe, ich hätte stattdessen dich geheiratet. Nick war für mich in jeder Hinsicht perfekt. Trotzdem habe ich nicht aufgehört, dich zu lieben, und Nick wusste das. Er witzelte oft, dass wir drei irgendeiner schrägen Sekte beitreten sollten, in der ich mit euch beiden verheiratet sein könnte. Dass ich dann einen Stundenplan erstellen müsse, damit keiner von euch beiden zu kurz käme.

Was ich tue und mit wem, geht dich nichts an. Unabhängig von dem Geld und davon, dass du Nicks Bruder bist, hast du mir nichts vorzuschreiben. Wie kannst du es wagen zu behaupten, dass ich Nick untreu bin, weil ich mit diesen Männern Zeit verbringe? Es ist zwei Jahre her – erwartest du wirklich von mir, dass ich bis an mein Lebensende allein bleibe? Denkst du, das ist das, was Nick gewollt hätte?

Zufällig ist nichts passiert, weder mit Barney noch mit Connor. Connor ist schwul und tuntiger als Weihnachten. Aber Barney ist süß, witzig, freundlich und unglaublich geduldig. Als es mit ihm ernst wurde, ging bei mir gar nichts. Ich wünschte mir die ganze Zeit, du wärst derjenige, der mich gerade küsste und berührte, und nicht Barney. Aus irgendeinem lächerlichen Grund hatte ich das Gefühl, dir untreu zu sein. Dir, nicht Nick. Wie konnte ich nur so dämlich sein, wo du so wenig Rücksicht auf mich nimmst?

Ich möchte, dass du mein Haus verlässt, und ich möchte dich nie mehr wiedersehen.

Annie

Annie ...

Ich weiß nicht, was ich sagen soll.

Bitte, ich will das Geld nicht zurückhaben. Ich brauche es nicht. Ich wollte es euch beiden schon geben, als Nick noch lebte, aber ihr wart zu stolz, um es anzunehmen. Das einzig Tolle daran, dass ich ein erfolgreicher Autor bin, ist, dass es mir die Möglichkeit gibt, meine Familie und meine Freunde zu unterstützen.

Wir beide können nie ein Paar sein. Auch wenn du anderer Meinung bist, was den Unfall betrifft, weiß ich, dass ich etwas hätte unternehmen müssen, um meinen Bruder zu retten. Ich kann und werde nicht der Mensch sein, der zuerst seinen Bruder umbringt und dann mit dessen Frau ins Bett steigt.

Du hast recht. Ich muss dich in Ruhe lassen, dich dein eigenes Leben leben lassen, ohne dass ich mich einmische. Können wir eine Abmachung treffen? Du behältst das Geld, und dafür siehst du mich nie wieder.

Pass auf dich auf, Annie. Ich hoffe, du wirst glücklich.

Olly

15. bis 18. Juli

Dienstag
Dies hier ist nicht die richtige Plattform für solche Diskussionen. Ich möchte nichts über das obszöne Sexleben von Mrs. Butterworth oder ihren Hausgästen lesen. Bitte halten Sie Privates privat und waschen Sie Ihre schmutzige Wäsche nicht in der Öffentlichkeit. Als ich diesen Urlaub hier buchte, habe ich nicht erwartet, mit dieser Art von abstoßendem Verhalten konfrontiert zu werden.
Mrs. Applecroft

Ganz richtig, Mrs. Applecroft, ich bitte um Verzeihung.
Annie

Mittwoch
Ich habe hinten im Gefrierfach eine Erbse gefunden. Ich dachte, der Kühlschrank würde nach jedem Gast gereinigt.

Mrs. Butterworth züchtet in ihrem Garten offenbar Unkraut. Dort wuchern zwei riesige Sträucher wild vor sich hin. Zugegeben, sie tragen violette Blüten, darum mögen sie für den Laien schwer zu identifizieren sein, aber ich kenne mich mit Unkraut aus.

Die große Wiese müsste gemäht werden.

Das Schild zur Butterworth-Farm quietscht immer noch.

Am Strand war es heute sehr kalt.

Auf dem Teppich im zweiten Schlafzimmer, unter dem Bettvorleger, ist ein unansehnlicher Fleck.

Im »Frosch und Rhabarber«, was ich übrigens schon immer für einen albernen Namen hielt, musste ich heute für eine einfache Portion Pommes frites zwei Pfund bezahlen. Die Pommes schmeckten zwar gut, aber bei solchen Wucherpreisen sehen die mich dort nie wieder.

Mrs. Applecroft

Donnerstag

Mrs. Applecroft, ich habe nur die Eier vorbeigebracht, um die Sie mich gebeten haben. Ich bin übrigens nicht verantwortlich für die Dorfwiese. Ich schlage vor, Sie wenden sich schriftlich an den Gemeinderat, wenn Sie sich so sehr daran stören.

Genauso wenig bin ich für das quietschende Schild zur Butterworth-Farm oder für das kühle Wetter verantwortlich.

Für die Erbse im Gefrierfach entschuldige ich mich. Ich muss sie wohl übersehen haben, als ich den Kühlschrank das letzte Mal gereinigt habe.

Ich mag vielleicht keine studierte Botanikerin sein, aber ich weiß, was mir gefällt, und der Sommerflieder ist ein wunderschöner Strauch, der Schmetterlinge in den Garten lockt.

Gegen den Teppichfleck im zweiten Schlafzimmer, der von schwarzen Johannisbeeren stammt, kann ich nichts machen. Das Cottage steht Kindern offen, und daran wird sich nie etwas ändern. Solche Missgeschicke passieren eben, und das Einzige, was ich gegen den Fleck tun konnte, war, ihn zu verdecken. Allerdings ist mir schleierhaft, warum Sie unter einen Bettvorleger schauen.

Was die Preise im »Frosch und Rhabarber« betrifft, werden Sie diese mehr als angemessen finden, wenn Sie sie mit anderen Speiselokalen vergleichen.

Annie

Ich habe kein Verständnis für Ihre Einstellung. Ihnen als Hauswirtin ist doch sicher bekannt, dass der Gast immer im Recht ist.

Mrs. Applecroft

Freitag

Die Hühner haben mich mitten in der Nacht mit ihrem lauten Gegacker geweckt. Sie haben einen furchtbaren Radau gemacht.

Mrs. Butterworth hat mir keine frischen Eier gebracht, um die ich gebeten hatte. Ich musste zum Frühstück Cornflakes essen.

Mrs. Applecroft

Die Hühner sind letzte Nacht den Füchsen zum Opfer gefallen, darum der furchtbare Radau. Sie werden von nun an Ihren Schlaf sicher nicht mehr stören. Aber so erklärt sich auch, warum sie heute Morgen keine Eier gelegt haben.

Was Ihr Argument betrifft, dass der Gast immer im Recht ist, lässt sich das ganz leicht korrigieren. Nach diesem Wochenende werden Sie nie wieder mein Gast sein. Sie sind in meinem Haus nicht länger willkommen. Und Ihre Selbstgerechtigkeit können Sie sich in den Arsch schieben.

Annie

Annie, ich war hier, um das Cottage nach Mrs. Applecrofts hastiger Abreise durchzuwischen. Was um alles in der Welt ist bloß in dich gefahren? Seit Olly weg ist, benimmst du dich wie ein verkatertes Trampeltier. Das sieht dir überhaupt nicht ähnlich, ich mache mir Sorgen um dich. Mrs. Applecroft geht uns schon seit Jahren auf die Nerven, und du warst davor nie unhöflich zu ihr.

Ich habe mir gerade die letzten Einträge von Olly und dir durchgelesen, da du mir ja nicht sagen willst, was los ist. Ich hatte keinen blassen Schimmer, dass ihr zwei miteinander geschlafen habt, aber ich schätze, es geht mich auch nichts an.

Du kannst die Dinge zwischen euch nicht so belassen, ihr seid beste Freunde, schon von Geburt an. Eine sechsundzwanzigjährige Freundschaft wirft man nicht einfach weg. Ich gebe zu, der gute Mann verhält sich völlig unvernünftig, aber er trauert immer noch um seinen Bruder. Bitte, rede mit ihm.

Wenn ihr schon kein Paar sein könnt, solltet ihr wenigstens Freunde bleiben. Das bist du ihm schuldig.
Sophia

Ich bin ihm gar nichts schuldig. Bis auf zwei Millionen Pfund. Der Kerl ist ein Arsch.

Was Mrs. Applecroft betrifft, ich habe die Nase voll davon, Menschen nett zu behandeln, die es nicht verdient haben. Ich heiße diese Menschen in meinem Haus willkommen und gebe mir die allergrößte Mühe, damit sie sich wohlfühlen, und wenn sie dann unverschämt werden, soll ich einfach lächeln und mir alles gefallen lassen? Nein, das ist vorbei. Dank dem Arsch bin ich in der glücklichen Lage, dass ich nicht wirklich auf das Geld angewiesen bin, das solche Gäste einbringen. Wenn sie mir unsympathisch sind, werde ich ihnen das in Zukunft sagen. Ich werde mich nicht länger wie Dreck behandeln lassen, weder von Olly noch von sonst wem.
Annie

Dann bist du in der falschen Branche tätig. Ich habe fünf Jahre lang in einem Hotel gearbeitet, bevor ich Albert heiratete. Jeden Morgen hatten die Gäste, die auscheckten, etwas zu meckern: Das Bett war zu hart oder zu weich, das Wasser war nicht heiß genug oder zu heiß, der Swimmingpool war zu klein. Eine Frau beschwerte sich darüber, dass der kostenlose Champagner, den wir in ihrem Zimmer bereitgestellt hatten, wie Ziegenpisse schmeckte. Ich wies die Gute darauf hin, dass der Champagner gratis sei und sie daher keinen Dom Perignon erwarten könne, aber sie bestand trotzdem auf einer Wiedergutmachung, die wir dann auch leisteten.

Du kannst dich glücklich schätzen, dass bisher lediglich Mrs. Applecroft an dem Cottage etwas auszusetzen hatte. Möglicherweise ist das hier nicht der richtige Job für dich, wenn du mit Reklamationen nicht umgehen kannst.

Sophia

Vielleicht hast du recht. Tatsächlich habe ich keine Lust mehr auf diesen Job. Meine Reise nach Wales zu Hetty hat mir gezeigt, dass die Welt dort draußen groß ist und nur darauf wartet, erkundet zu werden. Ich liebe unseren Strand hier, aber es gibt eine Million anderer Strände, die ich mir noch anschauen muss. Das Leben ist kurz, bei Gott, das wissen wir alle, und ich möchte losziehen und sehen, was die Welt mir zu bieten hat, bevor der Sensenmann auch mich holen kommt. Ich habe Fernweh, und das schon seit Jahren, aber wegen Dad und Nick bin ich hiergeblieben. Zuerst starb Dad, dann Nick im Jahr darauf. Schließlich bin ich wegen Olly geblieben, weil dies hier immer der Ort sein wird, an den er zurückkehrt. Aber nun hält mich nichts mehr hier. Versteh mich nicht falsch, Sophia, ich liebe dich wie die Mutter, die ich nie hatte, du wirst für mich immer ein besonderer Mensch sein. Und William habe ich auch sehr lieb. Aber ich muss einfach mal eine

Zeit lang etwas für mich tun. In den nächsten paar Wochen wird hier viel los sein mit den Sommergästen, aber wenn der Andrang wieder abflaut, werde ich es angehen und das Haus verkaufen.
Annie

Verdammte umgekehrte Psychologie. Ich habe nur deswegen gesagt, dass das nicht der richtige Job für dich ist, weil die resolute Annie, die ich kenne und liebe, versucht hätte, mir das Gegenteil zu beweisen. Tatsächlich meinte ich nicht, dass du das Haus verkaufen und von hier weggehen solltest.

Chalk Hill ist deine Heimat und wird es immer sein. Außerdem hast du so hart gearbeitet, um das Cottage zu einem erfolgreichen Geschäft aufzubauen. Das darfst du nicht einfach wegwerfen nur wegen eines dummen, kleinen Streits mit Olly.
Sophia

Es ist mehr als das. Ich brauche einen Neuanfang.
Annie

25. bis 28. Juli

Freitag

Ich bin hier auf meinem Junggesellinnenabschied mit meinen Lieblingsmädels. Morgen werden wir einen Wellness-Tag in einem Spa verbringen, mit vielen Massagen und Beauty-Anwendungen. Wir werden dieses Wochenende nicht auf den Putz hauen, das überlasse ich Dan und seinen Jungs. Sie sind nach Ibiza geflogen, um dort zu feiern. Dan hat darauf bestanden, dass wir beide unsere Handys zu Hause lassen, damit wir nicht in Versuchung kommen, miteinander zu telefonieren oder zu chatten, beziehungsweise damit wir uns nicht fragen, warum der andere nichts von sich hören lässt.

Ich vermisse Dan jetzt schon.

Imogen Brooke

Ach, du meine Güte! Imogen, ich bin mir sicher, du hältst ein Wochenende ohne Dan aus, schließlich werdet ihr bald euer ganzes restliches Leben zusammen verbringen. Und auch wenn wir nicht durch die Clubs ziehen oder an einem Strand sitzen und Cocktails schlürfen, auch wenn wir hier am Arsch der Welt sind und deinen Junggesellinnenabschied in der öden Inzucht-Hauptstadt Englands feiern, wo die Leute zu ihrer Unterhaltung Kühe schänden, werden wir trotzdem eine verdammt gute Zeit haben. Heute Abend trinken wir um die Wette, bis die Erste von uns kotzen muss, und für morgen haben wir ein paar kleine Überraschungen im Ärmel versteckt.

Amy Bradley

Amy, wir waren uns doch einig – keine Überraschungen. Außerdem weißt du, dass ich keine große Trinkerin bin.
Imogen

Na ja, wenn du dich nur einmal in deinem Leben betrinken willst, dann sollte es auf deinem Junggesellinnenabschied passieren. Wie haben du und Dan bloß zueinander gefunden, schließlich macht er nichts lieber, als zu feiern und zu saufen.
Amy

Lass Imogen in Ruhe, Amy. Das ist ihr Wochenende, und sie sollte sich amüsieren, wie es ihr gefällt, und nicht, wie du es willst.
Paige Marsh

Ach, halt die Klappe, Paige.
Amy

Fangt ihr schon wieder an? Lass den Quatsch, Amy.
Charlotte Carlisle

Auf vielfachen Wunsch werden wir nun ein paar Trinkspiele machen.

Mir ist ein bisschen schwummrig.

Ich liebe meine Mädels, es sind die besten Mädels der Welt.

Sadie hat sich gerade übergeben. Amy singt auf dem Tisch.

Verdammt, ich glaube, ich muss jetzt definitiv ins Bett.

Imogen

Samstag

Wir brechen nun auf zu unserem Wellness-Tag. Ich glaube, wir fühlen uns heute Morgen alle ein bisschen angeschlagen. Ein ausgiebiges Verwöhnprogramm ist genau das, was wir jetzt brauchen.

Ich kann nicht glauben, dass ich heute in vier Wochen heiraten werde. Dan und ich werden gleich im Anschluss hierherfahren und unsere Hochzeitsnacht im Cottage verbringen, um den ersten Teil unserer Flitterwochen einzuläuten.

Imogen

Vorausgesetzt, die Hochzeit findet statt. Ich habe gerade eine SMS von Simon aus Ibiza erhalten. Sieht so aus, als würde Dan sich prächtig amüsieren.

Amy

Was soll das heißen?

Imogen

Sei nicht so gemein, Amy.

Charlotte

Charlotte, ich spreche nur aus, was alle denken. Du hast gestern Abend dasselbe zu mir gesagt.

Amy

Zu Dans Verteidigung muss ich erwähnen, dass er mir neulich erklärt hat, wie sehr er Imogen liebt. Er hat gesagt, er hätte nie gedacht, dass er jemanden so sehr lieben könne, wie er Imogen liebt. Also was soll's, wenn er sich gerade amüsiert, lässt er sich wahrscheinlich bloß volllaufen und schläft dann am Strand seinen Rausch aus. Wichtig ist nur, dass er in vier Wochen diesen Ring an Imogens Finger steckt und mit ihr ein ganz neues Leben beginnt.

Paige

Können wir jetzt ins Spa gehen, statt weiter in dieses verdammte Buch zu schreiben? Meine Füße benötigen dringend eine Pediküre, und mich erwartet eine wohltuende Hot-Stone-Massage.

Übrigens, Dan hat sich mir gegenüber ähnlich geäußert und gesagt, dass er die Vorstellung, sich für den Rest seines Lebens an eine einzige Frau zu binden, unheimlich findet, aber dass er weiß, er wird nie wieder eine Frau finden, die er so sehr liebt wie Immy.

Sadie Collins

Was ist daran unheimlich?

Imogen

Spa. SOFORT!
Paige

Wir sind gerade von einem wundervollen Tag im Spa zurückgekehrt, wo wir uns bei Champagner verwöhnen ließen. Nachher machen wir einen Filmabend und … Oh, da steht ein Polizist vor der Tür.

Oh mein Gott! Ich liebe Männer in Uniformen, selbst wenn diese Uniform recht schnell gefallen ist.
Imogen

Wahuuuuuuuuuuu!

Das war mal eine verdammt gute Überraschung.
Charlotte

Ich mag keine Stripper, ich finde sie krass und peinlich. Nichtsdestotrotz war Constable Dick Grandé, wie er sich selbst nennt, sehr unterhaltsam. Seinen schönen Körper mit Babyöl einzureiben war … Na ja, ich gebe es zwar nur widerstrebend zu, aber die Überraschung war wirklich gelungen.
Sadie

Die Bilder werden gleich auf Facebook hochgeladen!
Amy

Wage es nicht! Wo ist deine Loyalität? Was an diesem Wochenende geschieht, bleibt unter uns.
Charlotte

Reg dich nicht auf.
Amy

Sonntag
Ich war nur kurz da, um zu schauen, ob bei euch alles okay ist. Offenbar liegt ihr noch in den Federn, ich vermute, ihr hattet gestern euren Spaß. Ich habe gesehen, dass die Polizei da war. Gebt mir Bescheid, falls es ein Problem gibt und ich euch irgendwie helfen kann.
Annie Butterworth

Okay, ich habe gerade die letzten Einträge gelesen. Mir ist nun klar, dass das gestern kein echter Polizist war, was eine gewisse Erleichterung ist. Wir haben hier im Umkreis eine nicht vorhandene Kriminalitätsrate. Natürlich abgesehen von dem offenkundigen Inzest und der Sodomie, Amy! Ich wünsche euch viel Spaß heute, und vergesst nicht, die Penis-Eiswürfelbehälter wieder mitzunehmen. Und auch den zwei Meter großen Penis-Luftballon, der auf der Wiese an der Fahnenstange weht. Und den aufziehbaren Schwimmpenis, der momentan mit den Enten im Teich spielt. Ich muss jetzt los, eine Kuh schänden!
Annie

MONTAG

Vielen Dank, Annie. Sorry für das Chaos, wir haben so gut aufgeräumt, wie wir konnten. Und sorry für Amys Sodomie- und Inzest-Kommentare, das sollte nur ein Scherz sein. Wir sehen uns in vier Wochen wieder, wenn ich Mrs. Edwards bin!

Imogen

Annie, wir müssen reden. Ich weiß, in letzter Zeit enden unsere Gespräche immer damit, dass wir uns wegen Olly streiten, und du gehst mir nun schon seit ein paar Tagen geflissentlich aus dem Weg. Ich will dich nicht verlieren, du bedeutest mir alles. Ich verspreche dir, ich werde von nun an nicht mehr über Olly reden. Was auch immer du zu tun gedenkst, du hast meine volle Unterstützung.

Wir müssen uns über etwas anderes unterhalten: Ich habe Nicks Testament gefunden. Ich glaube nicht, dass es sich um ein offizielles Dokument handelt, um etwas Rechtsgültiges, es ist bloß ein Umschlag, auf dem steht: »Mein letzter Wille. Nur zu öffnen im Fall meines Todes«. Ich habe den Wohnzimmerschrank aufgeräumt, und dabei ist der Umschlag aus eurem Hochzeitsalbum gefallen. Ich habe ihn nicht aufgemacht, ich dachte, du solltest den Brief zuerst lesen.

Sophia

Was kann Nick mir schon vermacht haben? Uns gehörte alles zu gleichen Teilen, darauf hat er geachtet.

Annie

Vielleicht sind es nur … keine Ahnung, Wünsche für seine Bestattung, zum Beispiel welcher Song gespielt werden soll, wo seine Asche verstreut werden soll, solche Sachen.
Sophia

Tja, ich habe ihn bereits bestattet, es sollte also besser was anderes sein. Oh Sophia! Ich glaube, ich will den Brief gar nicht öffnen. Nicht nach so langer Zeit. Ich habe endlich wieder Tritt im Leben gefasst, und wenn ich den Brief lese, würde das einen Schritt rückwärts bedeuten.
Annie

Soll ich ihn lesen? Es könnte vielleicht wichtig sein.
Sophia

Was, wenn es um etwas geht, das ich hätte machen sollen, aber nicht gemacht habe? Soll ich es jetzt, zwei Jahre später, tun? Was, wenn es etwas ist, das ich nicht machen möchte? Mache ich es dann trotzdem, weil es Nicks Letzter Wille ist?
Annie

Ich lege den Brief hierher. Du kannst ihn lesen, wenn du willst.
Sophia

Oh mein Gott!
Annie

Was steht drin?
Sophia

Oh mein Gott! Ich kann nicht glauben, dass Nick das getan hat. Kein Wunder, dass das Schreiben nicht offiziell ist, kein Notar in diesem Land würde seinen Namen unter solche Konditionen setzen. Was hat Nick sich bloß dabei gedacht?

Ich weiß es nicht. Aber eins weiß ich sicher, nämlich, dass Olly es nicht kriegt. Wäre Nick noch am Leben, würde ich ihn jetzt umbringen. Was fällt ihm überhaupt ein?
Annie

Du musst es Olly sagen. Er hat ein Recht darauf, es zu erfahren.
Sophia

Nein, auf keinen Fall. Sonst denkt er noch, dass er irgendeinen dummen Anspruch darauf hat. Außerdem rede ich momentan nicht mit ihm.
Annie

Sei nicht kindisch.

Und ja, ich weiß, dass du mir gerade die Zunge herausstreckst.
Sophia

AUGUST 2014

1. bis 4. August

Freitag

Das Willow Cottage ist eine reizende kleine Unterkunft. Ich bin Ihnen sehr dankbar, dass Sie mir erlaubt haben, meine Tiere mitzubringen. Ohne sie wäre ich verloren. Und ich weiß, auch sie würden ihre Mami vermissen. Der arme Gabriel, meine Ratte, hat nichts mehr gefressen, als ich das letzte Mal fort war, und Leonard, mein Papagei, hat eine Woche lang nicht mehr mit mir gesprochen.

Chalk Hill ist so entzückend, ich bin ganz begeistert von der Gegend und den niedlichen kleinen Strandhütten.

Mrs. Cumblewick

Samstag

Ich werde gleich zu einem Spaziergang aufbrechen und ein paar meiner Freunde mitnehmen. Die anderen bleiben hier, ich werde also nicht lange weg sein. Jeder reagiert immer so furchtbar auf Frank, und ich glaube, das verletzt ihn in seinen Gefühlen. Die Leute tun sich auch schwer mit Miranda, darum kann sie ebenso zu Hause bleiben und Frank Gesellschaft leisten.

Derek liebt den Strand und spielt gern im flachen Wasser, ich muss nur aufpassen, dass er nicht zu tief hineingeht, schließlich können Landschildkröten nicht schwimmen.

Hugo gefällt der Strand auch, obwohl ich seine kahlen Stellen mit Sonnencreme einschmieren muss, der Arme, er wird allmählich alt und verliert viel Fell. Inzwischen sind ihm so viele Haare ausgegangen, dass er aussieht wie gescheckt. Ich glaube, das liegt daran, dass er so oft von Kindern gestreichelt wird. Sie haben alle Mitleid mit meinem Ziegenbock, weil er nur drei Beine hat.

Leonard nehme ich auch mit, obwohl seine Kraftausdrücke ein bisschen problematisch sein könnten. Manche Kinder halten mich für einen Piraten, wenn ich meinen großen Schlapphut auf dem Kopf und Leonard auf meiner Schulter trage. Dann kommen sie angelaufen, weil sie meinen Papagei streicheln wollen, der sie daraufhin ankräht, dass sie sich verpissen sollen. Das kommt bei den Eltern nicht gut an.

Colin kann in seinem Hamsterball mitkommen, obwohl er und Stan sich nicht gut verstehen. Bei unserem letzten Strandausflug schubste Stan den

Hamsterball am Wasser entlang und verbuddelte ihn dann im Sand. Ich habe Colin erklärt, dass Stan nichts dafür kann. Da Stan nur noch ein gutes Auge hat, kommt der arme Hund manchmal durcheinander und hält den Hamsterball für einen richtigen Ball zum Spielen. Er sieht es wahrscheinlich nicht, dass Colin sich darin befindet. Aber Colin glaubt mir nicht. Als ich ihn das letzte Mal im Wohnzimmer frei herumlaufen ließ, schlich er sich von hinten an Stan heran und biss ihn in den Schwanz. Das Gejaule versetzte den armen Leonard in helle Aufregung. Er hat tagelang darüber geschimpft.

Wir sind von unserem Spaziergang zurück. Leonard hat sich von seiner besten Seite präsentiert und nur einmal einen Kraftausdruck benutzt. Leider war es das schlimme Wort mit A, und es fiel ausgerechnet, als gerade ein Polizist an uns vorbeiging. Es ist mir gelungen, Stan von Colin fernzuhalten. Derek wurde unglücklicherweise von einem Cricketball getroffen, und sein Panzer ist gerissen. Ich habe ihn gerade mit braunem Paketklebeband geflickt.

Auweia, ich habe soeben bemerkt, dass Mirandas Terrarium leer ist. Sie hat seit Dienstag nichts mehr gefressen, sie dürfte also hungrig sein.

Ich kann auch Gabriel, meine Ratte, nicht finden. Gabriel mag keinen Sand in den Barthaaren, also habe ich ihn in meinem Strickkorb zurückgelassen, aber dort ist er nicht mehr. Ich habe Miranda erklärt, dass sie die anderen nicht fressen soll, und ihr ins Gedächtnis gerufen, wie sauer ich letztes Jahr war, als sie Eric verschlungen hat. Gefressen werden ist keine gute Art zu sterben.

Ich habe Miranda überall gesucht. Sie ist ein großer Python, eigentlich hätte ich sie längst finden müssen.

Von nebenan kommen plötzlich Schreie. Das ist normalerweise ein guter Indikator für Mirandas Anwesenheit. Ich weiß nicht, warum die Leute immer gleich loskreischen, wenn sie Miranda sehen. Es ist ja nicht so, als wäre sie groß genug, um einen Menschen zu verschlingen.

Ich bin nach nebenan geeilt und traf Annie und ihre Freundin Sophia an, die auf einen Stuhl geklettert war und wie am Spieß schrie, während Annie Miranda einfach aufhob und ihr erklärte, wie schön sie sei.

Ich war sehr stolz auf Miranda, sie ist eine der schönsten Schlangen, die ich jemals gesehen habe, und sie wird nicht oft von Menschen gelobt. Ich habe mich total gefreut, dass Annie so freundlich zu ihr war, was sie allerdings kurz darauf zunichtegemacht hat durch ihre Reaktion auf Frank. Während sie mir half, Miranda zurück in ihr Terrarium zu befördern, bemerkte sie Frank in seinem Behälter und erschrak fürchterlich. Sie machte ein ziemliches Theater und warnte Frank davor, auszubrechen und nach nebenan zu krabbeln, anderenfalls würde er als flache Tarantel enden. Ich weiß nicht, warum die Leute so gemein zu ihm sind. Frank setzt es bestimmt zu, solche Dinge zu hören.

Es sieht tatsächlich so aus, als wäre Gabriel gefressen worden. Mirandas Magen hat eine verdächtige Beule in der Größe einer Ratte. Ich habe Miranda ausgeschimpft, und sie macht einen sehr schuldbewussten Eindruck, aber der arme Gabriel, er hat sich so darauf gefreut, mit uns allen in den Urlaub zu fahren.

Mrs. Cumblewick

Mrs. Cumblewick, es tut mir unheimlich leid, von Gabriels Tod zu erfahren. Haustiere können einem sehr ans Herz wachsen. Meine Hühner wurden neulich von Füchsen gerissen, was mich sehr getroffen hat.

Als wir miteinander telefoniert haben und Sie mich fragten, ob Sie Ihre Haustiere mitbringen dürften, hatte ich keine Ahnung, dass Sie damit einen Hund, einen Ziegenbock, einen Hamster, eine Ratte, eine Schlange, eine Tarantel und einen Papageien meinten. Oh, und einen Goldfisch, ich habe ihn gerade auf dem Fernseher entdeckt. Oh, und auch eine Schildkröte. Die habe ich zuerst übersehen, weil sie mit Klebeband umwickelt ist.

Es tut mir leid, dass ich zu Frank nicht nett war, ich habe eine kleine Spinnenphobie. Es ist ein irrationales Verhalten, wir Menschen sind so viel größer als Spinnen, aber andererseits, Phobien sind nun mal nicht rational. Manche Menschen haben Höhenangst oder Platzangst, andere fürchten sich sogar vor Bärten oder vor Käse. Ich denke, vor etwas Angst zu haben, das acht haarige Beine hat und Fangzähne, ergibt mehr Sinn, als sich vor einem Stück Käse im Supermarkt zu fürchten.

Dürfte ich Sie bitten, Ihren Ziegenbock im Garten anzubinden, damit er nicht an die Blumenbeete geht? Ich möchte natürlich, dass Hugo seinen Urlaub genießt, aber ich habe gesehen, dass ihm die Blumen schmecken, und ich hätte gern, dass meine zukünftigen Gäste sich auch noch an dem Garten erfreuen können. Könnten Sie aus demselben Grund ein Auge auf Derek haben? Und es wäre vielleicht ganz gut, wenn Sie nachts Ihre Tiere im Haus behielten. Wie gesagt, es gibt hier in der Gegend viele Füchse, und mir würde es sehr widerstreben, wenn Ihre geliebten Haustiere dasselbe Schicksal ereilen würde wie meine Hühner oder den armen Gabriel.

Annie Butterworth

Ich habe Verständnis für Ihre Phobie, es kann nicht jeder so besonnen sein wie ich. Ich selbst habe eine schlimme Phobie gegen Frischhaltefolie, aber ich denke, das ist eine ziemlich rationale Angst.

Ich weiß es wirklich sehr zu schätzen, dass Sie meine Tiere beherbergen, es gibt nicht viele Hotels oder Ferienhäuser, in denen man so geduldig und freundlich behandelt wird. Ich werde mein Bestes tun, um zu verhindern, dass Derek und Hugo all Ihre herrlichen Blumen fressen. Ich habe es ihnen streng verboten, und normalerweise gehorchen sie.

Was die Füchse betrifft, keins meiner Tiere wird nach Einbruch der Dunkelheit draußen sein. Außer Miranda, Frank, Leonard und Goldie werden alle bei mir im Bett schlafen. Keine Angst, sie sind stubenrein.

Eigenartig. Annie hat gerade meinen Eintrag gelesen und ist dann schmunzelnd weitergegangen. Ich bin mir nicht ganz sicher, was daran so lustig ist.

Mrs. Cumblewick

Sonntag

Wieder ein herrlicher Tag am Strand mit meinen Tieren. Manchmal komme ich mir vor wie der Rattenfänger von Hameln, mit all den Kindern, die sich um uns scharen, um die Tiere zu streicheln oder mit ihnen zu spielen.

Ich habe am Strand ein Feuer gemacht, da Hugo und Stan es lieben, sich davorzulegen. Der arme Derek hat wirklich ein hartes Wochenende. Irgendwie ist er zu nah an die Flammen geraten, und das Klebeband hat Feuer gefangen. Ich konnte gerade noch Schlimmeres verhindern. Jetzt sieht Dereks Panzer leicht angekohlt aus. Leonard lacht Derek die ganze Zeit aus und schimpft ihn einen Idioten.

Mrs. Cumblewick

Montag

Ich hatte ein wunderbares Wochenende, und auch meine Tiere hatten alle eine tolle Zeit. Nun ja, abgesehen von Derek und dem armen Gabriel. Wir werden bald wiederkommen.

Mrs. Cumblewick

Wir freuen uns jederzeit über Ihren Besuch.

Annie

Annie, bist du verrückt? Ich dachte, jetzt, wo Mrs. Cumblewick weg ist, würdest du sprichwörtlich den Stall dichtmachen und sie nie wieder beherbergen. Du beschwerst dich über Mrs. Applecrofts Unverschämtheiten, aber du breitest die Arme aus für die ganze verrückte Menagerie von Mrs. Cumblewick?

Sophia

Nun, nachdem ich meinen Schock wegen der Tarantel erst mal überwunden hatte, war die Menagerie für mich okay. Ich gebe zu, eine Frau, die mit einem dreibeinigen Ziegenbock, einem halb blinden Hund, einem Hamster und einer Schildkröte mit einem gesprungenen Panzer ihr Bett teilt, hat eindeutig einen an der Waffel, aber wie Mrs. Cumblewick völlig richtig gesagt hat, waren alle Tiere stubenrein.

In mancher Hinsicht ist es leichter, mit Tieren umzugehen als mit unhöflichen Gästen. Abgesehen von ihrer Neigung, sich gegenseitig zu fressen, machen

sie im Großen und Ganzen einen ziemlich zivilisierten Eindruck.
Annie

Bis auf Leonard. Offenbar war der arme David Lambeth der Polizist, den Leonard am Strand beschimpft hat. Ich glaube, David war das ziemlich peinlich.
Sophia

Ach, ein unflätiger Papagei ist meine geringste Sorge. Lieber ein unflätiger Papagei als unverschämte Gäste.
Annie

Es ist schön, dich wieder lächeln zu sehen, nach dem ganzen Ärger mit Olly. Ich weiß, wir haben schon eine Weile nicht mehr darüber gesprochen, aber hast du dir noch einmal Gedanken über das Testament gemacht?
Sophia

Ja. Ich werde nichts unternehmen, und ich erwarte, dass du dich an dein Versprechen hältst und Olly nichts davon erzählst. Nick hatte kein Recht, Olly so ein Vermächtnis zu hinterlassen, und so, wie Olly sich bei seinem letzten Besuch benommen hat, wird er definitiv nichts davon wissen wollen.
Annie

Hast du überhaupt mal mit ihm gesprochen?
Sophia

Nein.
Du?
Annie

Nur kurz. Es geht ihm schlecht.
Sophia

Das hat er sich selbst zuzuschreiben.
Annie

Ich weiß.
Sophia

Verdammt, ich will nicht, dass es ihm schlecht geht.
Annie

Bitte, erzähl ihm von dem Testament.
Sophia

Nein, ganz sicher nicht.
Annie

8. bis 11. August

Freitag
Wir sind hier, um an der regionalen Vorausscheidung für den Großen Nationalen Backwettbewerb

teilzunehmen. Unsere Männer haben wir zu Hause gelassen, sie müssen sich selbst versorgen, während wir bei diesem Wettkampf die Stadt Beccles repräsentieren.

Die regionale Vorausscheidung findet jedes Jahr in dem Ort statt, aus dem der Vorjahressieger stammt. Die Siegerin im vergangenen Jahr, eine gewisse Sophia Lorenzo, kommt aus dieser Ecke hier, daher finden wir uns in Norfolk wieder.

Wir haben natürlich die Qualifikationsrunde in unserer Stadt gewonnen und auch die Suffolk County Championships, und nun treten wir hier bei der regionalen Meisterschaft an.

Gladys Clearwater

Darf ich dich kurz daran erinnern, dass wir im vergangenen Jahr auch so weit gekommen sind, nur um im letzten Moment um Haaresbreite geschlagen zu werden?

Madge Ambrose

Ja, aber dieses Jahr haben wir die geheime Zutat.

Gladys

Gladys! Wir verwenden Cola, das ist nichts Ungewöhnliches.

Madge

Natürlich nicht.

Gladys

Ich habe gerade ein paar Einträge in diesem Buch gelesen. Es sieht so aus, als wären wir in das feindliche Lager eingedrungen. Sophia Lorenzo arbeitet hier als Reinigungskraft und ist sehr gut mit Annie Butterworth, der Hausbesitzerin, befreundet. Wir müssen uns in Acht nehmen.

Madge

Hallo, meine Damen,

ich war nur kurz hier, um zu schauen, ob Sie sich gut eingewöhnt haben. Ich drücke Ihnen die Daumen für den Wettbewerb am Sonntag. Ich weiß, dass Sophia sich auch darauf freut. Das mit dem »feindlichen Lager« war sicher nur ein Scherz von Ihnen. Es gibt hier keine Feinde, nur viele fantastische Köchinnen, die an einem friedlichen Backwettbewerb teilnehmen. Falls Sie einen Verkoster für Ihre Kuchen suchen, ich bin gerne bereit, das Versuchskaninchen zu spielen.

Annie

Ja, klar, damit Sie uns unsere Ideen klauen können? Wohl kaum!

Madge

Madge, Annie hat recht. Sophia ist natürlich nicht unsere Feindin. Annie, Sie können morgen gern unseren Wettbewerbsbeitrag probieren, falls etwas davon übrig bleibt.

Wir haben morgen einen großen Tag vor uns, weil

wir an der Verfeinerung unseres Rezepts für Sonntag arbeiten werden, darum gehen wir nun schlafen.
Gladys

SAMSTAG
Wir haben unser Rezept so oft ausprobiert, dass wir den Kuchen schon im Schlaf backen können. Jetzt gehen wir kurz raus an die frische Luft, um einen klaren Kopf zu bekommen und unser Vorgehen zu besprechen, bevor wir die endgültige Variante backen.
Gladys

Meine Damen, Annie hat mir erzählt, dass Sie morgen bei der regionalen Vorausscheidung mitmachen. Ich drücke Ihnen die Daumen. Ich habe schon öfter Colakuchen gekostet, aber geschmeckt hat mir keiner davon. Ihrer wird bestimmt anders sein. Leider habe ich den Großen Backwettbewerb im vergangenen Jahr nicht gewonnen, aber ich habe den zweiten Platz erreicht und bekam als Preis eine freie Übernachtung im Londoner Hilton. Es wäre schön, wenn Sie in diesem Jahr die Qualifikation für die nationale Meisterschaft schaffen würden. Wirklich schade, dass nur eine von uns den Regionalentscheid morgen gewinnen kann.
Viel Glück,
Sophia

Eingebildete Kuh.
Madge

Madge!

Wir haben gerade zwei Kuchen von demselben Teig gemacht. Einen davon werden wir probieren, und wenn er nicht gut genug ist, haben wir noch Zeit, um einen neuen Teig anzurühren.
Gladys

Ich wurde eingeladen, den Apfel-Cola-Kuchen zu kosten. Er riecht köstlich, und ich kann es kaum erwarten, ihn zu probieren.

Oh, der Kuchen schmeckt fantastisch, unglaublich lecker.

Ich hatte gerade ein zweites Stück davon, und mit den Damen lässt es sich ungemein reizend plaudern. Sie bringen mich ständig zum Lachen.

Ein drittes Stück, bevor ich gehe. Der Kuchen macht richtig süchtig.
Annie

Wir brechen jetzt wieder auf zu einem Spaziergang, aber es sieht so aus, als hätten wir unsere Sache gut gemacht.
Gladys

Ich habe mich ins Cottage zurückgeschlichen. Ich kann von diesem Kuchen nicht genug bekommen. Er ist sooooo köstlich.

Der Himmel ist strahlend blau, wie das Meer an einem heißen Sommertag. Und die flauschigen Wolken erinnern an Zuckerwatte. Mir ist bisher noch gar nicht aufgefallen, wie grün die Blätter draußen sind. Ich bekomme richtig Lust, ein Gedicht darüber zu schreiben.

Die grünen Blätter von Wells-next-the-Sea
Singen im Wind eine schöne Melodie.

Okay, ich war bisher nie gut im Reimen, aber das hier ist genial, das ist pure Poesie.

Nur noch ein Stück von dem Kuchen, dann muss ich los zu William und seinen Kühen.

Ich habe gerade bei Olly angerufen. Er ging nicht dran, also habe ich auf seinen Anrufbeantworter gesprochen. Ich habe ihm gesagt, dass ich ihn liebe und dass ich jede Menge Kinder mit ihm haben möchte. Er wird sich bestimmt ärgern, wenn er die Nachricht abhört. Die bloße Vorstellung reizt mich ununterbrochen zum Lachen.

Ich habe wieder Ollys Nummer gewählt und auf Band gesprochen, dass er ein blöder Wichtigtuer ist und dass er doch endlich seinen Kopf aus seinem recht hübschen Arsch ziehen soll, um über den Tellerrand zu schauen. Ich denke, darüber wird er sich auch ärgern.

Ich habe gerade einen Rundgang durch das Cottage gemacht. Ich fühlte mich ziemlich unanständig, als würde ich in einem fremden Haus herumschnüffeln, obwohl es mein eigenes ist. Das Cottage ist wirklich hübsch geworden; Nick hätte es sicher sehr gefallen, was ich daraus gemacht habe.

Oh mein Gott, im Bad ist ein Loch in der Wand! Es ist zwar nicht sehr groß und ziemlich weit unten, aber wenn man sich flach auf den Boden legt, kann man direkt in mein Bad nebenan sehen. Man sieht die komplette Dusche und das Waschbecken und die Toilette. Zum Glück benutze ich dieses Bad nur selten, da das zweite Bad oben recht edel ausgestattet ist. Ich darf nicht vergessen, das Loch dicht zu machen, um keine Spanner anzulocken.

Olly hat mich gerade zurückgerufen. Er hat mir vorgeworfen, ich sei betrunken. Unverschämt, es ist gerade einmal zwei Uhr nachmittags. Ich habe ihm gesagt, dass er ein ungehobelter und arroganter Arsch ist. Ich habe ihm auch gesagt, dass er es nicht haben kann, egal, was Nick meint. Olly hatte keine Ahnung, was ES war, das er nicht haben konnte. Ich sagte ihm, es sei meins, und er würde es nicht bekommen, nicht einmal, wenn er darum betteln würde. Dann habe ich ihm meine ziemlich geniale Dichtkunst vorgelesen, und er wurde ganz ernst und wollte wissen, was ich genommen hätte. Ich legte auf. Er rief noch zweimal an, aber ich ignorierte ihn. Der wird sich jetzt so richtig ärgern. Ich finde das total lustig.

Sophia rief mich gerade an und fragte mich auch, ob ich betrunken sei. Sie ist heute irgendwo hingegangen. Sie hat es mir gesagt, als wir uns heute Morgen sahen, aber ich kann mich beim besten Willen nicht mehr erinnern. Es ist offensichtlich, dass Olly sie gebeten hat, nach mir zu schauen. Blöder Arsch. Warum um alles in der Welt sollte ich betrunken sein? Ich fühle mich großartig.

Tatsächlich bin ich ein wenig müde. Vielleicht lege ich mich kurz hin. Nur noch ein letztes Stück Kuchen, dann gehe ich ins Bett.

Annie

Ach, du meine Güte. Zum Glück werden die Wettkampfrichter morgen nur ein Stück kosten.

Gladys

Es hat tatsächlich den Anschein, als würde unser Kuchen richtig süchtig machen. Wer hätte gedacht, dass unsere kleine Apfel-Cola-Kreation so eine Wirkung haben würde?

Madge

Sonntag

Heute ist der Tag des Wettbewerbs. Unser großartiger Kuchen wird bald das Lächeln aus Sophia Lorenzos Gesicht wischen.

Gladys

Wir müssen uns langsam sputen. Wir sollten jetzt besser unseren Kuchen einpacken und uns auf den Weg machen.

Madge

O Gott! Ich wurde heute Morgen mit furchtbaren Kopfschmerzen wach, nachdem ich offenbar über neunzehn Stunden lang bewusstlos war. Und ich habe mich übergeben, als wäre es eine olympische Disziplin. Ich kann nur vermuten, dass mit dem Kuchen etwas nicht in Ordnung war. Nach dem Verzehr verstrich der Nachmittag gestern wie im Nebel. Ich war gerade drüben im Cottage, um die Damen zu warnen, dass ich eine schwere Lebensmittelvergiftung habe und sie den Kuchen nicht bei dem Wettbewerb einreichen dürfen, aber sie sind bereits unterwegs.

Mist! Ich habe gerade meine Einträge von gestern gelesen, an die ich keinerlei Erinnerung habe. Ich habe Olly angerufen? Nicht einmal das weiß ich mehr, geschweige denn, was ich zu ihm gesagt habe. Obwohl es nichts Gutes war, meinen Kommentaren nach zu urteilen. Wo zum Teufel ist mein Handy? Ich muss mich bei Olly entschuldigen.

Ich habe mein Handy im Kühlschrank gefunden! Es waren zwölf Nachrichten auf der Mailbox, elf davon sehr unhöfliche von Olly, darum ist es ausgeschlossen, dass ich mich jetzt bei ihm entschuldige. Und eine Nachricht von einer besorgten Sophia. Ich kann mich vage erinnern, dass sie mich gestern angerufen hat.

Ich muss zu dem Backwettbewerb, um die Jury und die anderen Teilnehmer vor einer Lebensmittelvergiftung zu bewahren.

Annie

Montag

Ich bin hier, um das Cottage nach dem Fiasko gestern bei dem Backwettbewerb zu reinigen.

Gladys und Madge traten mit ihrem Apfel-Cola-Kuchen an, der von einer dreiköpfigen Jury getestet wurde. Die Jury war begeistert und kürte Gladys und Madge zu den Gewinnern. Die anderen Teilnehmerinnen kosteten auch von dem Kuchen und waren hingerissen. Zum Glück habe ich abgelehnt, davon zu probieren.

Leider reichte ein Happen offenbar nicht, denn als Annie auftauchte, drängten sich die Leute um den Kuchen wie Fliegen um einen Scheißhaufen. Sie schubsten und rempelten, um ein zweites, drittes oder viertes Stück zu ergattern. Kurz darauf brach eine Schlägerei aus. Eleanor McGrew, eine der Punktrichterinnen, endete mit einer gebrochenen

Nase, Kevin Peterson bekam ein blaues Auge verpasst. Die Polizei musste dazwischengehen. Als sich herausstellte, dass die Leute sich um einen Kuchen prügelten, fand die Polizei das sehr verdächtig.

Und nachdem Annie in dem Durcheinander ihr Erlebnis geschildert hatte, war es ziemlich offensichtlich, dass wir es hier mit Cannabis oder etwas Ähnlichem zu tun hatten.

Gladys und Madge wurden wegen Drogenbesitzes verhaftet. Sie kamen auf Kaution frei und sind gerade mit ziemlich betretenen Gesichtern ins Cottage zurückgekehrt, um ihre Sachen abzuholen. Da von dem Kuchen nichts übrig geblieben ist, gibt es keinen handfesten Beweis, und wahrscheinlich wird die Anklage gegen sie fallen gelassen.

Viel schlimmer ist, dass die Jury den Apfel-Cola-Kuchen zwar disqualifizierte, aber zu stoned war beziehungsweise zu sehr vermöbelt, um eine neue Gewinnerin auszurufen, die ja ganz offensichtlich ich gewesen wäre. Das reinste Chaos!

Die regionale Vorausscheidung wird später in diesem Jahr wiederholt. Glücklicherweise dürfen Gladys und Madge nicht daran teilnehmen.

Sophia

Und du dachtest, ich sei betrunken! Frechheit!

Annie

Fairerweise muss man hinzufügen, dass jeder Mensch dich gestern für betrunken gehalten hätte.

Du hast die ganze Zeit nur gekichert und lauter dummes Zeug geredet. Ich habe Olly angerufen und ihm erklärt, warum du so neben der Spur warst. Ich glaube, er wollte sich bei dir melden, um sich zu entschuldigen.
Sophia

Du solltest mal seine unverschämten Nachrichten hören, die er mir am Samstag hinterlassen hat. Er kann sich seine Entschuldigung in den Arsch schieben.
Annie

Du hast ihm gesagt, dass du ihn liebst und viele Kinder mit ihm haben möchtest.
Sophia

Leider stimmt dieser Teil.
Annie

Oh Annie!
Sophia

Ich habe ihm auch gesagt, dass er es nie kriegen wird, und dazu stehe ich.

Und ja, mir ist sehr wohl bewusst, dass du gerade die Augen verdrehst.
Annie

16. bis 23. August

Samstag

Wir haben einen neuen Hund. Er heißt Max. Er ist ein Kokospanier, und er hat große Schlappohren mit Locken dran. Wir gehen nachher mit ihm an den Strand. Es ist das erste Mal, dass Max das Meer sieht. Ich glaube, er ist ziemlich aufgeregt.

Megan, 7 Jahre

Ähm, Cockerspaniel.

Ben Meecham, 37 ½ Jahre

Daddy, die Großen schreiben nicht das Alter hinter ihren Namen, das machen nur Kinder.

Megan

Tut mir leid, Spätzchen.

Ben

Sonntag

Max fand es gestern toll am Strand. Er ist immer wieder in das Wasser gerannt und dann wieder hinaus, wenn die Wellen zurückkamen, und er hat sie laut angebellt. Er hat tiefe Löcher gebuddelt und Sand auf unser Eis verstreut. Isabelle hat ihr Eis in Max' Fell geschmiert, aber Daddy ist mit Max einfach ins Meer gegangen und hat ihn gewaschen, und als sie zurückkamen, hat Max sich geschüttelt und uns alle nass gespritzt, und dann hat Daddy genau dasselbe gemacht.

Heute haben wir einen Spaziergang durch das Watt gemacht, und Max ist in die ganzen Schlammpfützen gehüpft. Dann ist er an Mummy hochgesprungen, und sie hatte seine dreckigen Pfotenabdrücke auf ihrer Hose. Mummy fand das nicht schlimm, aber Daddy hat gesagt, dass Max in die Hundeschule gehen muss, wenn wir wieder zu Hause sind. Ich würde gerne wissen, wie gut Max in Mathe ist. Mrs. Dunston, meine Lehrerin, sagt, dass ich sehr gut rechnen kann. Ich kann Aufgaben wie 45+45=90, und ich weiß das Ergebnis sehr schnell. Meine Tante Holly sagt, dass ich einen großen Verstand habe. Aber mein Verstand kann nicht größer sein als der von anderen Kindern, sonst wäre ja auch mein Kopf größer. Die alten Egipter haben das Gehirn für nutzlos gehalten und gaben es den Katzen zu fressen, aber andere Organe haben sie dafür extra aufbewahrt, in großen Krügen mit Deckel, die heißen Kanopen. Wir haben im Werkunterricht Kanopen getöpfert, und mein Deckel war ein Hundekopf wie der von Max. Hunde heißen im Egiptischen Schackale.

Megan

MONTAG

Max ist heute nach nebenan gerannt, weil das Tor zwischen unserem und Annies Garten offen war, und er hat mit seinen Pfoten Annies Fenster dreckig gemacht. Annie kam heraus, und ich dachte eigentlich, dass sie Max ausschimpft, aber stattdessen hat sie ihn gestreichelt, und Max hat so doll mit seinem Schwanz gewedelt, dass der ganze Hund gewackelt hat. Daddy hat sich bei Annie entschuldigt und angeboten, das Fenster zu putzen, und als er das dann gemacht hat, hat er Ausschau nach Mr. Butterworth gehalten, den wir bei unserem letzten Besuch hier kennengelernt haben. Aber Annie hat gesagt, dass Mr. Butterworth nicht da ist, und Daddy war voll enttäuscht. Ich bin auch enttäuscht. Mr. Butterworth schreibt Bücher, und ich wollte ihm meine Geschichte zeigen. Er hat mir beim letzten Mal versprochen, sie zu lesen, und ich habe sie extra mitgebracht.

Megan

Dienstag

Ich hoffe, Sie haben sich gut eingewöhnt. Megan, wenn du willst, kannst du deine Geschichte mir geben, und ich faxe sie dann an Mr. Butterworth, damit er sie lesen kann.

Annie

Ich war gerade drüben bei Annie. Sie hat die Seite mit meiner Geschichte oben in ein Gerät gesteckt, und unten kam sie wieder heraus. Annie hat mir erklärt, dass das Gerät mein Blatt fotografiert hat und an das Faxgerät von Mr. Butterworth geschickt hat.

Das druckt es dann genauso aus wie auf meinem Blatt, sogar mit den ganzen Bildern. Annie hat dann noch eine Nachricht an Mr. Butterworth geschrieben und ihm erklärt, dass die Geschichte von seinem jüngsten Fan ist. Ich habe sie gefragt, was ein Fan ist, und sie hat gesagt, dass mein Daddy ein Fan von Mr. Butterworth ist, weil er gern seine Bücher liest. Ich habe die Bücher von Mr. Butterworth gesehen. Eins davon hat ein komisches Bild vorne drauf, nämlich eine Tür, unter der rote Farbe hervorläuft. Daddy hat mir gesagt, dass es rote Farbe ist, aber Mummy hat ihn dann mit diesem Gesicht angesehen, das sie immer macht, wenn Daddy schwindelt. Ich würde gerne wissen, warum Mr. Butterworth nicht da ist. Mummy hat gesagt, Mr. Butterworth ist gar nicht Annies Mann, sondern Annies Schwager, was der Grund ist, warum sie denselben Familiennamen haben. Mummy hat mir auch gesagt, dass Annies Mann gestorben ist und dass Mr. Butterworth sich als Annies Mann ausgegeben hat, weil es manchmal einfacher ist, Kinder anzulügen, als ihnen die Wahrheit zu sagen. Ich finde, dass der lebendige Mr. Butterworth Annie heiraten sollte, aber Mummy hat gesagt, dass es so nicht funktioniert, weil wenn zwei Menschen heiraten, müssen sie sich sehr lieben. Aber beim letzten Mal hat Mr. Butterworth Annie immer genauso angeschaut, wie Daddy Mummy anschaut, wenn er ihr zeigen möchte, dass er sie lieber hat als Schokolade. Und Daddy liebt Schokolade sehr.

Megan

Mittwoch

Gestern Abend hat Mummy mir eine Geschichte im Bett vorgelesen, und Max lag neben mir und hat schon geschlafen. Dann ist Annie vorbeigekommen, und ich habe gehört, wie sie sich unten mit Daddy unterhalten hat. Als sie wieder weg war, kam Daddy zu uns hoch, und er war ganz aufgeregt. Er hatte ein Blatt in der Hand, das aus dem Faxgerät kam. Es war ein Brief von Mr. Butterworth, der mir geschrieben hat, dass er meine Geschichte voll super findet und ganz besonders auch die Bilder. Am besten fand er die Stelle mit dem Drachen, und er hat mir geraten, ich soll fleißig weiter Geschichten schreiben, damit ich immer besser und besser werde. Er hat Annie gebeten, mir die Tasse zu geben, die er in ihrer Werkstatt bemalt hat und auf der steht »Bester Autor der Welt«. Ich bin total glücklich, dass Mr. Butterworth meine Geschichte gefällt. Wenn ich wieder in der Schule bin, zeige ich seinen Brief meiner Klassenlehrerin, sie ist nämlich auch ein Fan von Mr. Butterworth. Ich habe gehört, dass sie zu Miss Kane gesagt hat, dass Mr. Butterworth ein schöner Mann ist, und Miss Kane meinte, dass sie nicht Nein sagen würde. Ich habe Mummy gefragt, wozu Miss Kane nicht Nein sagen würde, und sie meinte nur, dass Miss Kane auch Mr. Butterworths Bücher mag, und dann hat Daddy sie mit diesem Gesicht angesehen, das er immer macht, wenn Mummy schwindelt. Ich möchte gerne wissen, warum die Großen so oft lügen. Daddy sagt, es ist falsch, wenn man lügt.

Wir waren heute wieder am Strand. Max hat die Möwen gejagt. Isabelle fand das total lustig und hat die ganze Zeit gekichert, und Mummy und Daddy mussten auch lachen. Dann hat eine große Möwe Max von einem Sänwitsch verjagt, und er hat Angst bekommen und ist ganz schnell zu uns zurückgelaufen. Danach hat er einen Ball gefunden und ist damit weggerannt. Der Ball gehörte einer anderen Familie, die fand es lustig, dass Max ihren Ball geklaut hat. Die Jungs sind Max hinterhergerannt, und Max hat gedacht, das ist alles bloß ein Spiel.

Megan

Donnerstag

Max hat sich am Strand an der Pfote verletzt. Er hat gehumpelt und gewinselt. Annie meinte, dass seit Kurzem ein Tierarzt im Dorf wohnt, und sie hat ihm Bescheid gegeben, damit er einen Blick auf Max wirft. Der Tierarzt heißt Barney, und er war sehr nett zu mir und Max. Aber dann kam Mummy herein, und sie kannte Barney schon. Sie hat einen knallroten Kopf bekommen und Barney auch. Daddy wollte wissen, warum die beiden so rot sind, und Mummy hat gesagt, dass sie vor vielen, vielen Jahren mit Barney ausgegangen ist, lange bevor sie Daddy kannte. Daddy hat dann Barney ganz fest die Hand gedrückt und gesagt, dass er sich freut, Barney kennenzulernen, aber sein Gesicht hat verraten, dass er sich nicht freut. Barney hat etwas Spitzes aus Max'

Pfote gezogen und zu Mummy gesagt, dass sie die Wunde regelmäßig reinigen soll, damit sie sich nicht entzündet.

Wir gehen jetzt an den Strand, aber Daddy bleibt mit Max zu Hause. Er sagt, dass es besser ist, wenn Max heute nicht an den Strand mitkommt, damit seine Pfote schneller heilt. Mummy sagt, dass Daddy sich albern verhält und dass es schon viele Jahre her ist. Aber Max hat sich erst gestern an der Pfote verletzt.

Als wir vom Strand zurückkamen, haben wir zufällig Barney vor dem Haus getroffen, und Mummy und Barney haben sich unterhalten. Barney hat gesagt, dass er hin und wieder an Mummy gedacht hat und sich freut, dass sie glücklich ist. Mummy hat gesagt, dass sie sehr glücklich ist und dass Daddy sie glücklich macht und dass ihre Mädchen sie glücklich machen. Ich glaube, damit hat sie Isabelle und mich gemeint. Barney hat gesagt, das ist gut, und dann hat er Mummy umarmt, und sie hat ihn auch umarmt. Als wir reingegangen sind, hat Daddy uns vom Fenster aus beobachtet. Daddy hat für uns meine Leibspeise gekocht, Toad in the hole. Ich liebe Bratwürste in Eierteig! Am Tisch haben Mummy und Daddy kein Wort miteinander geredet, und es war sehr still, das hat mir nicht gefallen. Daddy hat mich gefragt, wie es am Strand war, aber Mummy hat er nicht gefragt. Max hat am Tisch gebettelt, und Mummy hat ihm ein kleines Stück Wurst gegeben. Daddy hat sie dafür geschimpft, und Mummy hat gesagt, dass sie ihre Wurst nicht essen möchte. Daddy hat sie dann gefragt, ob seine Wurst nicht gut genug ist und ob sie vielleicht lieber Barneys Wurst hätte. Mummy ist vom Tisch aufgestanden und hat zu Daddy gesagt, dass sein Verhalten apsurd ist.

Megan

Samstag

Heute Morgen bin ich in das Zimmer von Mummy und Daddy gegangen, und Mummy hat im Bett auf Daddys Schoß gesessen. Sie küssten sich gerade, ~~und sie waren nackt. Dann hat Daddy Mummys Brüste geküsst,~~ und ich musste lachen. Als Mummy mich sah, hat sie wieder einen knallroten Kopf bekommen. Daddy hat gelacht. Mummy hat dann gesagt, ich soll mir die Zähne putzen und schon mal runtergehen, sie kommt dann gleich nach und macht Pfannkuchen zum Frühstück. Ich mag Pfannkuchen. Mein absolutes Lieblingsfrühstück. Ich habe mir ganz schnell die Zähne geputzt und bin dann mit Max runtergegangen. Wir spielen, während Mummy und Daddy sich oben fertig machen. Ich glaube, im Moment hüpfen sie auf dem Bett wie auf einem Trampolin, weil die Federn ganz laut quietschen. Daddy hat mir verboten, auf dem Bett zu hüpfen, weil es dadurch kaputtgehen kann. Schon komisch, die Großen dürfen Sachen machen, die man den Kleinen verbietet.

Ich habe gerade Pfannkuchen gegessen, und wir gehen jetzt ein letztes Mal an den Strand, bevor wir nach Hause fahren. Mummy und Daddy haben beim Frühstück ganz viel miteinander geschmust. Mummy hat dann das Geschirr gespült, und Daddy hat sie genauso angesehen, wie er Schokoladenkuchen ansieht. Und Mummy hat ihn angesehen, als wäre er Vanilleeis. Mummy liebt Vanilleeis.

Megan

Oh Gott! Kindermund tut Wahrheit kund.

Ben

Oh mein Gott! Ich vergesse immer, wie schlau sie für ihr Alter ist.

Rebecca

23. bis 30. August

Samstag

Annie, danke für den Champagner. Ich werde ihn später alleine genießen.

Dan Edwards, der Bastard, hat es nicht für nötig gehalten, zu unserer Hochzeit aufzutauchen. Noch schlimmer war, dass er nicht einmal den Anstand besaß, mir vorher Bescheid zu geben. Ich stand da, genau wie meine Brautjungfern, meine Blumenmädchen, die Trauzeugen, Dans Eltern, meine Eltern, ach was, meine ganze Verwandtschaft, meine Arbeitskollegen – alle waren da und warteten auf Dan. Aber der kam nicht. Wir warteten, dann warteten wir noch ein Weilchen. Ich klingelte Dan auf seinem Handy an, Simon, sein Trauzeuge, klingelte ihn an, wir alle klingelten ihn an. Schließlich bekam sein Bruder ihn an die Strippe, und Dan sagte nur drei Worte, bevor er sofort wieder auflegte: »Ich komme nicht.« Ich komme nicht! Kein Warum oder Wieso, nur »Ich komme nicht«.

Amy Bradley, eine alte Freundin von Dan, die mir von Anfang an unsympathisch war, obwohl ich sie das nie habe spüren lassen, besaß die Frechheit, mir zu erklären: »Ich habe es dir doch gleich gesagt.« Also schlug ich ihr ins Gesicht und verließ dann den Schauplatz.

Ich kann die mitleidigen Gesichter nicht ertragen. »Arme Imogen, vor dem Altar sitzen gelassen.« – »So ein reizendes Mädchen, so süß und nett, wie kann man ihr so etwas antun?«

Nun, ich scheiß darauf, süß und nett zu sein, ich scheiß auf euch alle. Ich werde meine Flitterwochen ohne Dan, diesen Bastard, genießen, und am Samstag fliege ich alleine nach Venedig.

Imogen ~~Edwards~~ Brooke

Sonntag
Imogen, es tut mir unheimlich leid, das zu hören. Aber Mitgefühl ist nicht das, was Sie im Moment möchten, das verstehe ich.
Annie Butterworth

Wie wollen Sie verdammt noch mal verstehen, was ich im Moment möchte, Sie mit Ihrem hübschen, niedlichen Cottage, dessen Eingang von verschissenen Rosen umrankt ist, Sie mit Ihrem herrlichen perfekten Garten und Ihrem herrlichen perfekten Mann, der es Ihnen wahrscheinlich jeden Abend in Ihrem riesigen Scheißhimmelbett besorgt. Sie haben keinen blassen Schimmer, was ich gerade durchmache. Ich wollte mit Dan glücklich sein bis an mein Lebensende.
Imogen

Sie haben recht, ich habe keine Ahnung, wie es ist, vor dem Altar sitzen gelassen zu werden. Aber ich habe eine Ahnung davon, wie es ist, diese mitleidigen Blicke zu spüren und sich verzweifelt zu wünschen, davon wegzukommen. Und ich habe eine Ahnung von diesem herzzerreißenden Gefühl, wenn man einen Menschen, den man über alles liebt, für immer verliert, beziehungsweise wenn diese Liebe gar nicht erst erwidert wird.
Annie

Ihr Mann hat Sie auch verarscht, richtig?
Imogen

Mein Mann ist gestorben, was mich ohne Ende ankotzte. Einen Tag nach seiner Beisetzung ging ich auf den Friedhof und brüllte eine volle Stunde lang seinen Grabstein an. Dann schleuderte ich eine Blumenvase dagegen und schrie, dass er die verdammten Blumen nicht verdient hätte, weil er mich nicht hätte verlassen dürfen.

Mein Mann liebte das Wandern, und irgendwer schenkte ihm einmal einen Wanderstock, den er auch benutzte. Ich sagte ihm, dass er damit wie ein Idiot aussehe, und von da an nahm er den Stock zu jedem unserer Spaziergänge mit, nur um mich zu ärgern. Na ja, der Stock lehnte an dem Grabstein, und ich schnappte ihn mir und begann, damit auf den Grabstein einzuschlagen. Der Stock ging kaputt, die Blumen wurden zerdrückt, jemand rief die Polizei, aber mir war alles scheißegal. Bis mich ein paar Tage später die Trauer schließlich einholte und ich monatelang nicht aufhören konnte zu weinen. Ich hatte in den letzten zwei Jahren nichts als mitleidige Blicke. Darum habe ich eine gewisse Ahnung davon, was Sie gerade durchmachen. Eine gewisse.

Annie

Bei der Vorstellung, wie Sie vor einem Grabstein stehen und ihn mit einem Wanderstock zu Tode prügeln, musste ich automatisch lachen. Sorry.

Imogen

Ja, im Nachhinein betrachtet, muss ich ausgesehen haben wie eine Wahnsinnige. Der alte Pfarrer, der versucht hat, mich an der Schändung von Nicks Grab zu hindern, sieht mich seitdem ganz anders an als früher. Ich glaube, er dachte damals, ich sei vom Teufel besessen, weil ich ihn anknurrte, dass er sich verpissen solle, oder ich würde ihm seinen verdammten Kopf abreißen. Er lief ganz schnell in seine Kirche zurück und kam wenige Minuten später wieder heraus, um mich mit Weihwasser zu bespritzen. Sie können sich vorstellen, wie gut das bei mir ankam. Ich jagte ihn mit dem Wanderstock über den Friedhof. Er schrie um Hilfe, brüllte laut, dass ich ihn umbringen würde. Das hätte ich vielleicht auch getan, wenn ich ihn erwischt hätte, aber er war für sein Alter recht spritzig, und es gelang ihm zu entkommen.

Annie

Tut mir leid, ich weiß, ich sollte nicht lachen, aber Ihre Beschreibung ist ziemlich anschaulich.

Imogen

Ist schon okay. Trauer und Wut machen seltsame Dinge mit einem. Es ist in Ordnung, dass Sie nach dem, was passiert ist, trauern, nur machen Sie keine Dummheiten, die Sie später bereuen werden. Und wenn Sie jemanden brauchen, um zu reden oder um sich zu betrinken, ich bin gleich nebenan.

Annie

Danke.
Imogen

Montag
Heute fühle ich mich ein bisschen besser. Ich bin immer noch aufgebracht, aber nicht mehr so, dass ich jemanden den Kopf abreißen oder mit einem Wanderstock über einen Friedhof jagen würde. Wäre Dan am Samstagabend oder sogar gestern noch hier aufgetaucht, hätte ich ihn höchstwahrscheinlich getötet. Und das nicht metaphorisch beziehungsweise im übertragenen Sinn, sondern wörtlich gesprochen. Mittlerweile habe ich mich ein wenig abgeregt. Offenbar hat der Strand eine beruhigende Wirkung auf mich. Annie, ich bitte um Verzeihung, falls ich etwas gesagt oder geschrieben habe, das Sie verärgert hat.

Mein Handy hat nonstop geklingelt, nachdem ich am Samstag von meiner Hochzeit davongestürmt bin. Niemand weiß, wo ich bin, und ich schätze, der letzte Ort, wo man mich suchen wird, ist unser Flitterwochen-Cottage. Ich habe meine Mutter per SMS benachrichtigt, dass es mir gut geht und dass ich nur ein bisschen Zeit brauche, um nachzudenken. Offenbar hat sich das bis zu meinen Freunden durchgesprochen, weil die Anrufe nun aufgehört haben und ich stattdessen motivierende SMS erhalte. Nichts von Dan dem Bastard.

Ich glaube nicht, dass ich ihn töten würde, wenn er in diesem Moment vor mir stünde, obwohl ich immer noch ernsthaft in Erwägung ziehe, ihm die Eier abzuschneiden, und ihn anschließend zu zwingen, sie aufzuessen.

Imogen

Ich bringe nur kurz eine Lasagne vorbei für den Fall, dass Ihnen nicht nach Kochen zumute ist. Wahrscheinlich ist Ihnen auch nicht nach Essen zumute.

Annie

Danke, Annie.

Imogen

Dienstag

Ich werde gleich wieder zum Strand gehen. Heute fühle ich mich sogar noch ein Stück gelassener.

Imogen

Hi, Immy. Annie hat mich reingelassen, widerstrebend.

Es tut mir furchtbar leid, was am Samstag passiert ist. Ich bin in Panik geraten. Ich liebe dich so sehr. Vor dir gab es keine Frau, für die ich auch nur halb so viel empfunden habe, wie ich für dich empfinde, und es wird auch nie wieder eine geben.

Ich will die Schuld nicht auf andere schieben. Ich weiß, dass ich die volle Verantwortung übernehmen muss. Aber die Jungs haben seit unserer Verlobung darüber gespottet, was ich alles aufgeben würde, dass ich nicht mehr mit ihnen Party machen könne, dass ich jeden Abend mit dir zu Hause verbringen müsse. Auf meinem Junggesellenabschied kam mir zum ersten Mal der Gedanke, wie sehr ich die Jungs vermissen werde, die Eskapaden mit ihnen.

Und Amy hat mir immer wieder gesagt, dass es ein Fehler sei, wenn ich mich an eine einzige Frau binde, dass ich mich irgendwann langweilen und anfangen würde, dich zu hassen. Ich wollte dich nicht hassen. Sie hat mich gewarnt, dass nach der Hochzeit als Nächstes Kinder kommen würden und damit schlaflose Nächte und dreckige Windeln und Babygeschrei, und dass ich dann definitiv nicht mehr feiern gehen dürfte, und ich war mir nicht sicher, ob ich für das alles schon bereit war.

Das hier ist so schwer. Ich wünschte, du wärst hier, und ich könnte dich in den Arm nehmen und dir sagen, was ich fühle. Obwohl, nachdem ich deine Einträge in diesem Buch gelesen habe, ist es zu meiner eigenen Sicherheit wahrscheinlich besser, dass du nicht da bist.

Ich liebe dich. Ich kann nicht ohne dich leben. Ich will mit dir zusammen sein und alles akzeptieren, was eine Ehe mit sich bringt. Wenn du mich zurücknimmst, schwöre ich dir, dass ich dich nie wieder verletzen werde.

Ich bin im »Frosch und Rhabarber« auf der anderen Seite der Dorfwiese, falls du reden möchtest.

Ich hoffe, du möchtest reden.

Dan der Bastard

Oh.

Ich habe Dan hierhergebeten, weil ich unsere Privatangelegenheiten nicht in der Öffentlichkeit austragen wollte, aber nun weiß ich nicht, was ich sagen soll. Dan versucht immer wieder, mich in den Arm zu nehmen, mit mir zu reden, aber ich möchte ihn nicht in meiner Nähe haben. Er hat sich tausendmal entschuldigt, aber das ist nicht genug. Ich weiß nicht mehr, was ich von ihm will. Wie können wir einfach dort anknüpfen, wo wir aufgehört haben?

Wir haben die letzten zwei Stunden im Wohnzimmer verbracht, auf entgegengesetzten Seiten, und absichtlich jeden Blickkontakt gemieden. Das Schweigen ist unerträglich.

Ich habe Annie gebeten, das Bett im zweiten Schlafzimmer herzurichten. Ich kann heute Nacht nicht neben Dan liegen, als wäre zwischen uns alles in bester Ordnung. Ich rechne es Annie hoch an, dass sie meiner Bitte ohne ein Wort nachgekommen ist. Ich habe erwartet, dass sie sich einschalten oder Dan böse anfunkeln oder etwas Mitfühlendes zu mir sagen würde, aber sie tat so, als wäre es das Normalste der Welt, für ein Paar ein zweites Bett herzurichten.

Sind wir noch ein Paar?

Haben wir überhaupt eine Zukunft?

Ich gehe jetzt ins Bett, ich bin erschöpft. Vielleicht sehen die Dinge morgen besser aus. Vielleicht.

Imogen

Mittwoch

Offensichtlich fällt es dir im Moment leichter, dich in diesem Gästebuch mitzuteilen, als mit mir persönlich zu reden. Ich nehme dir das nicht übel, ich würde auch nicht mit mir reden wollen. Aber wenn dies der einzige Weg ist, um mit dir zu kommunizieren, soll es mir recht sein.

Es ging alles so schnell. Ich wollte nie heiraten, das stand überhaupt nicht auf meinem Plan. Ich war einer von den Jungs, fast jeden Abend auf der Rolle, um zu saufen und Frauen aufzureißen. Du kennst meine Vergangenheit, ich war in diesem Punkt vollkommen ehrlich zu dir. Dann bist du aufgetaucht, und alles hat sich geändert. Seit dir hat mich keine andere Frau mehr interessiert, nicht auf dem Junggesellenabschied, nirgendwo. Ich habe nicht einmal mit anderen Frauen geflirtet, seit ich dir begegnet bin. Ich hatte gar kein Bedürfnis danach. Keine andere Frau reichte jemals an dich heran.

Ich wollte jede einzelne Sekunde mit dir verbringen, ich hatte keine Lust mehr auf die Jungs. Die haben sich natürlich jedes Mal, wenn ich absagte, über mich lustig gemacht. »Du stehst ja ordentlich unter der Fuchtel«, spotteten sie. »Du wirst wohl zu Hause angekettet.« Anfangs lachte ich darüber, aber irgendwann fing es an zu nerven.

Dann, in einer feucht-fröhlichen Silvesternacht, sah ich dir tief in die Augen und wusste, dass ich jedes neue Jahr mit dir gemeinsam begehen wollte, dass ein Leben ohne dich nicht dasselbe sein würde, und ich hielt um deine Hand an. Ich habe es nie bereut. Am nächsten Tag lief ich mit einem breiten Grinsen im Gesicht herum, aber kurz darauf begannen die Sticheleien.

Und nur wenig später verschwand meine bezaubernde, süße, hübsche Verlobte, und Brautzilla kam zum Vorschein. Alles, und ich meine wirklich alles, drehte sich ausschließlich um die Hochzeit: die perfekten Blumen, das perfekte Kleid, der Fotograf, der Videofilmer, die fünfstöckige Torte, die Schuhe, die Empfangsmusik, die Begleitmusik bei deinem Gang zum Altar, die Begleitmusik bei der Unterschrift der Trauurkunde, die schwere Entscheidung »DJ oder Liveband?«, die Speisenfolge, die Kanapees, die Getränke, das Hotel, die Kirche, die Fahrzeuge, die Trauzeugen, die albtraumhafte Wahl der Brautjungfern, die Blumenmädchen, die Pagenjungen, was deine Mutter anziehen wird, was meine Mutter anziehen wird, das Farbschema, die Kuchendekoration, die Einladungskarten, das Konfetti, die Hochzeitsreise, die Gäste und wen wir alles einladen. Ich hatte das Gefühl zu ersticken, ein klaustrophobisches Gefühl, das in den letzten sechs Monaten immer schlimmer wurde. Wir haben jedes Wochenende Hochzeitsmessen besucht, um uns Anregungen zu holen, wir haben Abend für Abend die oben genannten Dinge diskutiert. Seit dem Neujahrstag war die Hochzeit das alles beherrschende Thema, und wir haben über nichts anderes mehr gesprochen.

Ich habe den Grund, warum ich dich heiraten wollte, aus den Augen verloren, ich sah nur noch Hochzeiten, Hochzeiten, Hochzeiten, statt unsere schöne gemeinsame Zukunft. Du wolltest, dass jeder von uns ein Ehegelübde schreibt. Ich kann so was nicht, es bereitet mir schon Unbehagen, im Mittelpunkt zu stehen, aber mir eine Rede einfallen zu lassen und dir in meinen eigenen Worten meine Liebe zu erklären jagte mir richtig Angst ein. Was, wenn die Rede furchtbar klang, was, wenn sie meinen Gefühlen nicht gerecht wurde? Während du dein Ehegelübde ohne Mühe niedergeschrieben hast, starrte ich Abend für Abend auf ein leeres Blatt Papier und zwang die Inspiration, über mich zu kommen – aber sie kam nicht. Amy sagte, wenn mir keine Worte einfallen würden, um meine Liebe zum Ausdruck zu bringen, würde ich dich vielleicht gar nicht lieben beziehungsweise nicht genug. Ich weiß, ich hätte nicht auf Amy hören dürfen, aber durch den ganzen Stress der Hochzeitsvorbereitungen und durch die ständigen Sticheleien der Jungs war ich nicht in der Lage, das alles an mir abprallen zu lassen.

Inzwischen ist mir klar, was für ein Idiot ich war. Und dass ich dich wahnsinnig liebe und immer mit dir zusammen sein möchte, bis in alle Ewigkeit. Ich weiß, ich habe dich verletzt, aber wenn du es zulässt, werde ich jeden Tag unseres restlichen Lebens dir zu beweisen versuchen, wie sehr ich dich liebe.

Dan

Ich wollte, dass alles perfekt ist, weil dies der erste Tag unseres perfekten Lebens zu zweit hätte sein sollen. Ich wollte mit dir gemeinsam glücklich leben bis in alle Ewigkeit, und ich wollte den perfekten Tag haben, um das zu feiern. Es tut mir leid, dass ich mich so eifrig in die Vorbereitungen gestürzt habe, aber du hättest mit mir reden sollen, du hättest mir sagen sollen, wie es dir dabei ging.

Siehst du eigentlich nicht, was Amy im Schilde führt? Sie hat von Anfang an versucht, uns auseinanderzubringen, deine sogenannte Freundin. Sie hat es darauf abgesehen, alles zu ruinieren.

Imogen

Ich glaube nicht, dass Amy versucht hat, uns auseinanderzubringen. Ich denke, sie hat sich einfach nur Sorgen gemacht, dass ich das Falsche tue.

Dan

Sie will dich eindeutig für sich selbst haben.

Imogen

Amy und ich hatten nie so eine Form von Beziehung. Ich interessiere mich nicht auf diese Art für sie, und das weiß sie auch.

Dan

Das hindert sie trotzdem nicht daran, einen Keil zwischen uns zu treiben.

Imogen

Kann sein. Ich werde den Kontakt zu ihr abbrechen, wenn du das willst. Du bist die Einzige, die mir wirklich wichtig ist.

Dan

Habe ich jemals versucht, dich daran zu hindern, dass du dich mit deinen Freunden triffst, Amy inbegriffen? Denkst du, ich würde das wirklich tun? Du hättest nicht auf Amy hören sollen, auf keinen deiner Freunde. Denn wären sie richtige Freunde, hätten sie Verständnis dafür gehabt, dass die Dinge sich ändern, und sie hätten sich für dich gefreut.

Imogen

Ich habe in den letzten paar Tagen viel mit meinen Freunden gesprochen. Jeder Einzelne von ihnen, na ja, abgesehen von Amy, hat mir versichert, dass ich ein Blödmann bin (die Ausdrücke, die sie verwendet haben, waren viel derber), dass du das Beste bist, was mir jemals passiert ist, und dass es absolut mies von mir war, dich vor dem Altar zu versetzen. Sie haben gesagt, die Sticheleien und Spötteleien waren nicht mehr als das, nur Spaß, und dass ich sie niemals hätte ernst nehmen dürfen.

Dan

Dann hast du es dir also nur anders überlegt, weil deine Freunde einen Rückzieher gemacht haben. Du hättest stark genug sein müssen, um ihnen von Anfang an Paroli zu bieten. Vielleicht hat Amy recht, vielleicht liebst du mich nicht genug. Anderenfalls wärst du am Samstag erschienen, und du hättest dich trotz allem nicht davon abbringen lassen, mit mir zusammen zu sein. Du hättest hinter die neurotische Brautzilla geblickt und die Frau gesehen, in die du dich verliebt hast, die Frau, der du einen Heiratsantrag gemacht hast, die Frau, mit der du den Rest deines Lebens verbringen wolltest. Wie kann all das, was wir gemeinsam erlebt haben, wie können all diese Jahre dir nichts bedeuten?

Imogen

Ich liebe dich, und ich bin jetzt hier. Bedeutet das nichts für dich? Ich habe einen Fehler gemacht, und es tut mir leid. Wenn wir verheiratet wären, und wir würden uns streiten, würdest du dann auch beim ersten Hindernis davonlaufen, oder würdest du mir verzeihen und mit mir weitermachen?

Dan

Ich schätze, das werden wir nie erfahren.

Imogen

Donnerstag

Immy hat kaum ein Wort mit mir gewechselt, seit ich hier bin. Obwohl, heute Morgen bot sie mir zum Frühstück einen Tee an, was ich als ein gutes Zeichen auffasse.

Dan

Es war nur Tee, nichts weiter als das.
Imogen

Was willst du von mir, Immy?
Dan

Was bietest du mir an?
Imogen

Was du willst, was auch immer nötig ist, um dich zurückzubekommen.
Dan

Eine große Hochzeit, fünfhundert Gäste, du stellst dich in der Kirche hin und sagst laut und deutlich dein Ehegelübde, als Beweis dafür, wie sehr du mich liebst.
Imogen

Gut. Ich mache alles.
Dan

Eigentlich will ich das alles gar nicht. Vielleicht bin ich tatsächlich ein bisschen über das Ziel hinausgeschossen. Vielleicht habe ich mich in dem Moment verloren und dabei vergessen, worum es bei unserer Hochzeit eigentlich ging, nämlich darum, dass wir uns unsere Liebe erklären und uns schwören, dass wir uns bis ans Ende aller Tage lieben. Wir brauchten den ganzen Schnickschnack gar nicht.
Imogen

Ich habe dir den ganzen Schnickschnack gegönnt. Ich wollte, dass du glücklich bist.
Dan

Ich weiß. Dann hat er mich verschlungen. Tut mir leid.
Imogen

Du brauchst dich nicht zu entschuldigen. Bitte, entschuldige dich nicht.
Dan

Ich wünsche mir Kinder, einen ganzen Stall voll.
Imogen

Ich wünsche mir auch Kinder. Ich möchte mit dir eine Familie gründen. Ich möchte jetzt erwachsen werden.
Dan

Ich habe mich in den fröhlichen, lustigen Dan verliebt. Ich möchte nicht, dass sich das ändert.

Ich werde jetzt einen Spaziergang am Strand machen. Ich sage nicht, dass ich mit dir reden oder Händchen halten werde, aber vielleicht hast du trotzdem Lust, mich zu begleiten.
Imogen

Sehr gerne.
Dan

Hi, ich habe nur kurz vorbeigeschaut, um sicherzugehen, dass ihr euch nicht gegenseitig umgebracht habt.

Nicht, dass ich mich einmischen möchte, na ja, vielleicht ein kleines bisschen, aber ungefähr fünf Minuten von hier ist ein Standesamt. Ich wollte es nur mal erwähnen ...

Annie

Es begann mit einem Kuss. So fing es an, vor drei Jahren. Heute kommt es mir vor, als würden wir noch einmal ganz von vorn anfangen.

Dan

Ich warte nicht wieder drei Jahre, bis wir heiraten.

Imogen

Was willst du damit sagen?

Dan

Dass Annie vielleicht nicht ganz unrecht hat.

Imogen

Willst du immer noch meine Frau werden?

Dan

Ich liebe dich. Dein idiotisches Verhalten hat daran nichts geändert.

Imogen

Freitag

O Gott, warum ist es sooooo schön, sich zu versöhnen?

Imogen

Imogen! Was ist aus dem süßen, reizenden Mädchen geworden, in das ich mich verliebt habe?

Dan

Sie ist immer noch da, aber sie hat ein paar raue Kanten bekommen.

Imogen

Ich denke, ich liebe Imogen mit den rauen Kanten sogar noch ein bisschen mehr. Vor allem, wenn ich an letzte Nacht zurückdenke. Mein lieber Scholli!

Dan

Dan! Du bringst mich wirklich zum Lachen.

Imogen

Heirate mich, Imogen. Heirate mich noch heute, und morgen fliegen wir als Mann und Frau nach Venedig.

Dan

Wir können nicht einfach so heiraten.

Imogen

Warum nicht? Ich denke, du hast das Brautkleid hier.

Dan

Was ist mit unseren Freunden, unseren Familien?
Imogen

Es geht hier nicht um die anderen, es geht um uns.

Wenn du warten möchtest, wenn du es noch einmal richtig angehen möchtest mitsamt dem großen Hotel und der fünfstöckigen Torte, machen wir das. Ich tue alles, was nötig ist, damit du glücklich bist. Aber ich möchte dich einfach sofort heiraten. Ich möchte, dass du jetzt meine Frau wirst.
Dan

Deine Mutter wird nicht glücklich sein.
Imogen

Das ist mir egal.
Dan

Samstag

Ich kann nicht aufhören zu grinsen.

Gestern schnappten wir uns kurzerhand Annie und eine Dame namens Sophia und eilten mit ihnen zum Standesamt. In der Realität ist es nicht so romantisch wie im Film, wenn ein Paar spontan beschließt zu heiraten. Offenbar muss man normalerweise Wochen im Voraus das Aufgebot bestellen, für den Fall, dass jemand Einwände erheben möchte. Allerdings hatten wir das bereits getan, für die Kirche, in der wir letzte Woche heiraten sollten. Der

Standesbeamte, ganz unorthodox, kontaktierte daraufhin das Pfarrbüro, und nach einem längeren Telefonat entschied er sich dazu, uns zu trauen.

Die Zeremonie war ziemlich kurz, aber wichtig war, dass wir uns gegenseitig schworen, uns zu lieben, bis dass der Tod uns scheidet. Und das war alles, was ich brauchte. Ich brauchte nicht das große Brimborium mit Gesang und Tanz, ich brauchte nicht Dans Ehegelübde, er sollte nur neben mir stehen und meine Hand halten.

Wir sind nun Mann und Frau. Ich bin Mrs. Edwards.

Heute Nachmittag fliegen wir nach Venedig für die zweite Hälfte unserer Flitterwochen. Dan kann auch nicht aufhören zu lächeln.

Danke für alles, Annie.

Ganz liebe Grüße,

Imogen

SEPTEMBER 2014

30. August bis 4. September

Samstag
Die Sonne scheint, es weht eine sanfte Meeresbrise. Die Bedingungen für unsere Urlaubswoche könnten nicht besser sein. Eric und ich sind Naturisten, und da FKK am Holkham Beach, nur ein kleines Stück die Straße runter, offiziell erlaubt ist, werden wir den Strand heute ausprobieren.

In Großbritannien gibt es viele Nacktbadestrände, die wir im Lauf der Jahre besucht haben, manche davon gut, manche schlecht und manche hässlich. Der Holkham Beach hat einen ausgezeichneten Ruf – die Dünen sorgen für eine größere Privatsphäre und schützen vor dem Wind.

Es gibt nichts Erfrischenderes beziehungsweise Befreienderes, als beim Wandern in der Natur oder am Strand auf Kleidung zu verzichten. Den Wind auf der ganzen Haut zu spüren ist ein wunderbares Gefühl.

Daisy Brownlow

Sonntag
Wir haben gestern einen zauberhaften Tag am Strand verbracht. Dort trafen wir einige andere Naturisten, wahrscheinlich über hundert, die auch die Sonne genossen.

Die meisten Textilen begegneten uns freundlich, ihnen war bewusst, dass es hier einen FKK-Strand gibt. Obwohl man auch immer wieder ahnungslose Touristen trifft, die die Schilder übersehen oder nicht beachten und dann den Schock ihres Lebens bekommen, wenn sie sehen, dass wir alle herumlaufen, so wie Gott uns schuf.

Als der Wind ein wenig auffrischte, zogen wir uns in die Dünen zurück und aßen unser Picknick.

Heute werden wir es uns in dem herrlichen Garten des Cottage gemütlich machen. Er liegt abseits der Straße und ist durch hohe Bäume geschützt.

Wir haben nichts zu verbergen beziehungsweise nichts, wofür wir uns schämen müssten, aber manche Menschen fühlen sich von Naturisten belästigt. Von Annies Haus aus kann man allerdings in den Garten schauen. Also bin ich zu ihr rübergegangen und habe sie gefragt, ob es sie stören würde, dass wir nackt sind, und sie hat gesagt, das sei kein Problem.

Daisy Brownlow

Warum sollte Annie das stören? Es ist nichts auszusetzen an einem nackten Körper. Nacktheit ist etwas vollkommen Natürliches. Außerdem kann ich mir vorstellen, dass Annie schon so manches gesehen hat in all den Jahren, die sie dieses Cottage hier führt.

Eric

Ich habe gerade dieses Gästebuch hier durchgeblättert. Annie hat erst neulich eine Frau beherbergt, die ihren Python und einen dreibeinigen Ziegenbock mitbrachte. Wenn sich das nicht freakig anhört, dann weiß ich auch nicht. Wir sind keine Freaks.

Daisy

Montag

Wir waren heute in den Hügeln wandern. Normalerweise warten wir, bis wir die Straßen hinter uns gelassen haben, bevor wir uns ausziehen. Manche Menschen können sonst komisch reagieren.

Die meisten Leute, auf die wir trafen, zeigten die typischen Reaktionen – Schock, Belustigung und Verlegenheit –, aber zum Schluss hatten wir eine unglückliche Begegnung mit einer jungen Familie. Die Mutter hielt ihren Kindern die Augen zu, während wir uns näherten, und schrie uns an, dass wir uns schämen sollten.

Eric ist zweiundachtzig, und ich bin einundachtzig, und in unserem Alter gibt es nur sehr wenig, wofür es sich lohnt, sich zu schämen. Das Leben ist zu kurz, um ständig etwas zu bereuen oder um so zu leben, wie andere es für richtig halten. Natürlich haben wir uns vorübergehend bedeckt, bis wir an der Familie vorbei waren. Das ist gemeinhin ein ungeschriebenes Gesetz unter Nacktwanderern: Wenn sich jemand aufregt, bedeckt euch.

Was mir Sorgen macht, ist, dass diese Kinder in dem Glauben aufwachsen werden, dass Nacktheit etwas ist, wofür man sich schämen muss, etwas Abstoßendes und Verdorbenes. Dabei gibt es doch nichts Natürlicheres, als nackt zu sein. Wir sollten auf unsere Körper stolz sein, statt sie zu verhüllen, nur weil es die gesellschaftlichen Konventionen so verlangen. Kinder sind von Natur aus neugierig; wenn sie nackte Menschen sehen und richtig erzogen werden, kann man ihnen begreiflich machen, dass Naturismus einfach nur eine persönliche Entscheidung ist.

Daisy

Dienstag

Es freut mich, dass Ihnen der Strand gefällt, er ist wirklich eine Attraktion. Bitte fühlen Sie sich nicht gekränkt durch das engstirnige Verhalten der Minderheit. Die meisten Leute hier folgen dem Grundsatz »Leben und leben lassen«. Ich weiß besser als jeder andere, dass das Leben zu kurz ist, um es nicht auszukosten, zu kurz, um die Dinge zu versäumen, die man tun möchte, zu kurz, um sich zurückzuhalten aus Sorge, was andere Leute denken könnten.

Annie

Ich stimme Annie zu. Ich bin zwar vorhin ein bisschen erschrocken, als ich zum Saubermachen vorbeikam und Sie beide splitternackt im Cottage herumspazierten, aber nur, weil ich nicht damit gerechnet habe. Lassen Sie sich von niemandem sagen, wie Sie Ihr Leben zu führen haben.
Sophia

Wir danken Ihnen beiden für Ihr Verständnis.

Heute waren wir wieder am Strand. Zumindest waren wir dort unter Gleichgesinnten. Trotzdem kamen wie immer Gaffer, Leute, die heimlich einen Blick auf uns werfen wollten. Die Sonne brannte richtig auf der Haut, und wir mussten uns sorgfältig mit Sonnenmilch eincremen. Das ist der einzige Nachteil daran, ein Naturist zu sein – man entblößt mehr Haut, die von der Sonne verbrannt werden kann.
Daisy

Mittwoch

Wieder ein Tag am Strand. Heute hatten wir Besuch von ein paar »Erdmännchen«, wie wir die Gaffer nennen. Ihre Köpfe tauchten immer wieder über den Dünen auf, um einen Blick auf uns zu erhaschen. Wir konnten sie kichern hören. Aber mit dem Kichern können wir umgehen; es ist das unhöfliche Verhalten, das uns ärgert. Die anderen Naturisten sind alle sehr freundlich.
Daisy

DONNERSTAG
Wir reisen heute ab, aber wir werden definitiv wiederkommen. Alle hier waren sehr freundlich zu uns.
Daisy und Eric Brownlow

4. bis 8. September

DONNERSTAG
Hallo, meine Liebe, es ist schön, wieder bei dir zu sein. Ich habe mir zunächst Sorgen gemacht, als du Wales beim letzten Mal Hals über Kopf verlassen hast, aber nachdem du angerufen hattest, um mir zu sagen, dass alles in Ordnung sei, war ich einigermaßen beruhigt. Natürlich sterbe ich seitdem fast vor Neugier.

Es war furchtbar von Olly zu behaupten, das Willow Cottage wäre abgebrannt, aber deswegen kannst du ihn nicht aus deinem Leben ausschließen. Olly ist dein bester Freund. Was um alles in der Welt ist mit euch beiden los?
LG, Hetty

Kurz gesagt, der Kerl ist ein Vollarsch. Er will nicht, dass ich mich mit anderen Männern treffe, aber er selbst will mich nicht haben. Er fühlt sich nach wie vor schuldig an Nicks Tod, und das macht ihn völlig fertig.
LG, Annie

Warum gibt Olly sich die Schuld an dem Unfall? Ich kenne nicht die Details jenes Abends, nur dass Nick bei einem Autounfall starb. Gibt es einen Grund, weshalb Olly sich schuldig fühlen sollte?
Hetty

Nein. Die Straße war vereist, ein entgegenkommender Fahrer nahm die Kurve zu schnell, verlor die Kontrolle und krachte frontal in ihren Wagen. Olly kam mit geringfügigen Verletzungen davon, Nick war sofort tot. Es gab nichts, was Olly hätte tun können. Nach allen Zeugenaussagen fuhr er langsam, weil es glatt war. Ich kann nicht einmal dem anderen Fahrer die Schuld geben. Jedem von uns ist es schon einmal passiert, dass wir auf vereister Straße die Kontrolle verloren haben. Olly trifft nicht die geringste Schuld.
Annie

Dann denkt Olly also, er sollte nicht von Nicks Tod profitieren, indem er mit dir eine Beziehung eingeht?
Hetty

Ich glaube nicht, dass er eine Beziehung mit mir will. Er hat sich noch nie auf diese Art für mich interessiert.
Annie

Ihr habt miteinander geschlafen, das zeugt zumindest von einem gewissen Interesse.
Hetty

Das zeugt nur davon, dass er betrunken war und scharf.

Annie

Stell dich nicht blind und stur. Du brauchst nur seine Einträge in diesem Buch hier zu lesen. Gott, jeder Siebenjährige wüsste Bescheid, wenn er euch beide zusammen sehen würde. Es ist sonnenklar, dass Olly aus Liebe und Loyalität zu Nick nichts unternimmt.

Hetty

Freust du dich auf deine Geburtstagsfeier im »Frosch«? Alle werden kommen. Ich glaube, Simon und Leila haben ein Spanferkel bestellt. William kommt auch. Er hat sich extra einen neuen Anzug gekauft.

Annie

Ach, das ist süß von ihm, und ja, natürlich freue ich mich darauf, alle wiederzusehen. Aber so leicht kommst du mir nicht davon. Ich muss dich fragen: Was hat Nick dir in seinem Testament hinterlassen?

Hetty

Pah! Nichts. Es gab nichts, was er mir hätte hinterlassen können, alles, was wir besaßen, gehörte uns gemeinsam. Nicht das, was er mir hinterlassen hat, regt mich auf, sondern das, was er Olly hinterlassen

hat. Ich habe Nick wirklich geliebt, aber er hatte ein törichtes, sentimentales Herz.
Annie

Was hat er Olly hinterlassen?
Hetty

Sein Glück.
Annie

Oh.
Hast du es Olly gesagt?
Hetty

Nein, natürlich nicht. Es stand Nick nicht zu, sein Glück zu vermachen. Ich will nicht, dass Olly es nur annimmt, weil es Nicks letzter Wille war, oder am Ende noch aus Schuldbewusstsein oder Loyalität.
Annie

Freitag

Ich mache jetzt einen Besuch auf der Farm. William bringt mich einfach zum Lächeln, er ist, als würde man in einen alten, bequemen Lieblingspullover schlüpfen. Dank Ollys finanzieller Unterstützung braucht William nicht mehr jeden Tag früh aufzustehen und auf der Farm zu arbeiten, aber er tut es trotzdem weiterhin. William liebt seine Kühe und möchte nicht von ihnen getrennt sein. Das ist ein unglaublich liebenswerter Zug.

Ich war gerade ein paar Stunden auf der Farm. William ist sehr schüchtern und süß. Er wird immer schnell nervös in meiner Gegenwart.

Hetty

Samstag

Der Tag des großen Jubiläums. Sechzig Jahre. Die Zeit ist so rasch vergangen. Ich hatte ein fantastisches, abwechslungsreiches Leben. Nachdem Robert und ich vor vierzig Jahren geheiratet hatten, lebten wir drei Jahre in Malaysia und zwei Jahre in China. Ich habe drei wunderbare Kinder geboren. Wir wohnten in New York in einem riesigen Apartment mit Blick auf den Central Park.

Wir ließen uns schließlich hier in Chalk Hill nieder und zogen unsere Kinder an dem Ort groß, wo Robert selbst aufgewachsen war. Wir verbrachten zwanzig glorreiche Jahre in dieser Gegend, und ich weiß, dass die Freunde, die ich hier habe, immer die besten Freunde gewesen sind und auch sein werden, die man sich nur wünschen kann.

Ich war Sekretärin, Verkäuferin von Doppelglasfenstern, Lehrerin, Bingo-Moderatorin, und ich eröffnete meine eigene Konditorei. Ich habe im Supermarkt gearbeitet, und ich hatte im Lokalfernsehen einen kurzen Auftritt als Wetterfee.

Die Kinder wurden groß und gingen fort. Als unsere Älteste, Claire, Kinder bekam, zogen wir nach Tenby, um näher bei unseren Enkeln zu sein. Ein paar Jahre später ging Claire mit ihrer Familie an den nördlichsten Zipfel der schottischen Küste, aber Robert und ich waren in Tenby heimisch geworden und beschlossen, unseren Lebensabend an der walisischen Riviera zu verbringen.

Mein bester Freund und Seelenverwandter wurde mir vor fünf Jahren genommen, was der absolute Tiefpunkt in meinem Leben war. Aber mit der Hilfe meiner engsten Freunde, meiner Familie und meiner acht fantastischen Enkelkinder habe ich es auf die andere Seite geschafft. Selbst meine Freunde von hier kümmerten sich um mich, und William, Sophia, Albert, Mary und Steve nahmen häufig die siebenstündige Fahrt auf sich, um mir in Tenby Gesellschaft zu leisten. Ohne sie wäre ich verloren gewesen.

Ich hatte sechs Hunde und drei Katzen. Ich habe zwölf, nein dreizehn Autos von unterschiedlicher Farbe, Wendigkeit, Schnelligkeit und Coolness gefahren.

Ich bin auf Pferden geritten, auf Elefanten, Kamelen und sogar auf einer Kuh. Ich habe eine Harley-Davidson gesteuert, ein Schneemobil, einen Panzer und eine elektrische Couch. Ich habe mit einem Gewehr geschossen, in einem Heißluftballon die Serengeti überflogen und am Great Barrier Reef getaucht. Ich lernte Skifahren und Wakeboarden und Töpfern.

Ich war in Las Vegas, Hollywood, Russland, Island, Hongkong, und ich saß auf Santas Schoß in Lappland.

Ist es nun, da ich meinen letzten Lebensabschnitt erreicht habe, an der Zeit, meine wettergegerbten Wanderstiefel an den Nagel zu hängen und es ruhiger angehen zu lassen? Wohl kaum. Sechzig ist nicht das Ende. Noch gehöre ich nicht zum alten Eisen, und es gibt noch so viel mehr auf der Welt zu sehen.

Ich beabsichtige, mir einen reichen, maskulinen, heißen Toyboy zu nehmen und mit ihm um die Welt zu reisen, bis ich mit einem Glas Tequila in der einen Hand und einem mexikanischen Sombrero in der anderen sterbe.

Hetty

Oh Hetty, das ist wundervoll. Wenn ich mit sechzig nur halb so viel erlebt haben werde wie du, werde ich glücklich sein.

Ich möchte auch um die Welt reisen. Ich habe mir in den letzten paar Wochen viele Gedanken gemacht, und ich habe beschlossen, mein Haus zu verkaufen und eine Zeit lang auf Reisen zu gehen. Das Cottage verkaufe ich gleich mit als ein erfolgreiches Geschäft. Es wird ein paar Monate dauern, bis alles abgewickelt ist, aber ich habe die ersten Hebel bereits in Bewegung gesetzt. Würde es dir gefallen, für eine Weile eine Reisegefährtin zu haben? Ich bin zwar kein reicher, maskuliner, heißer Toyboy, aber

ich denke, wir können trotzdem zusammen Spaß haben.
Annie

Ja, das würde mir gefallen. Sehr sogar.
Hetty

Nun, dann ziehe ich am besten mein Cocktailkleid an. Vielleicht finden wir heute Abend zwei heiße junge Männer, die uns auf unserer Reise begleiten können.
Annie

Ich hatte einen grandiosen Abend. Meine Kinder waren alle da, obwohl es zunächst hieß, sie könnten nicht kommen, und sie brachten meine wunderbaren Enkelkinder mit, die so schnell groß werden. Meine Freunde von der weit entfernten Westküste waren ebenso da wie meine Freunde aus dem lokalen Umkreis. Der Biergarten war mit Lichterketten geschmückt, und die Bänke waren zur Seite geschoben worden, um eine Tanzfläche zu schaffen. Ich habe den ganzen Abend keine einzige Sekunde lang gesessen. Ich habe getanzt und gelacht und geplaudert und noch mehr getanzt. Das Essen war spitze, die Gesellschaft sogar noch besser. Jetzt fühle ich mich ein klein wenig beschwipst von dem ganzen Champagner und dem Cider.

In dem ganzen Trubel und Spaß gab es einen Moment, der noch besonderer war als der Rest des

Abends, ein echtes Highlight. Bis jetzt dachte ich, dass ich es gar nicht wollte. Aber mein Herz scheint es besser zu wissen.

William und ich haben miteinander getanzt. Ich fand erst nichts Besonderes dabei, da ich mit so ziemlich jedem getanzt habe. Aber als das Lied endete, hielt William mich noch ein paar Sekunden fest. Und dann sagte er sieben kleine Worte. Sieben Worte, die ich nie erwartet hätte, sieben Worte, die ich nie wieder hören wollte, bis er sie aussprach. »Ich hab dich gern, Hetty, wirklich gern.« Dann gab er mir einen Kuss auf den Kopf und ging. Ich habe seitdem immer noch Herzklopfen.

Hetty

Sonntag

Ich habe dir ja gesagt, dass er dich sehr mag.

Annie

Freu dich nicht zu früh. Das war nichts weiter als das betrunkene Geschwätz eines netten, reizenden Mannes, der mich gut leiden kann, und ich wurde davon richtig gefühlsduselig und sentimental, nachdem ich gestern Abend wohl ein Gläschen Champagner zu viel erwischt habe. An deiner Stelle würde ich mir noch keinen Hut für die Hochzeit kaufen. Außerdem, wie ich schon sagte, möchte ich etwas von der Welt sehen. Ich war die letzten zwanzig Jahre oder länger sesshaft. Nun habe ich das

Bedürfnis, mir ein paar Sehenswürdigkeiten anzuschauen. William würde seine Kühe niemals allein lassen.

Hetty

Für dich vielleicht schon. Männer tun seltsame Dinge aus Liebe.

Annie

Zum Beispiel behaupten, dein Haus wäre abgebrannt, damit du zurückkommst? Oder sechs Monate bei dir bleiben und dich in den Armen halten, weil es unerträglich wäre, von dir getrennt zu sein?

Hetty

Trauer und Hartnäckigkeit, Hetty, nicht Liebe. Du hast einen Grund hierzubleiben, zumindest für eine kleine Weile, lange genug, um William davon zu überzeugen, dass er mit dir die Welt erkundet. Ich habe nichts, was mich hier hält.

Annie

Unterschätze nicht die Bedeutung von Freundschaft und Familie.

Hetty

Die unterschätze ich ganz sicher nicht. Ich habe vor Ort wunderbare Freunde, allen voran William und Sophia. Meine Freunde werden immer zu meinem Leben gehören, unabhängig davon, in welchem Teil der Welt ich mich gerade aufhalte. Ich habe das Gefühl, ich brauche einen Neuanfang. Hier werde ich überall an Nick und Olly erinnert, und ich kann beides nicht haben.

Annie

Das verstehe ich. Wenn ich Chalk Hill besuche, muss ich immer an meine Jahre hier mit Robert denken, und auch Tenby ist voller Erinnerungen. Ein Neuanfang kann etwas Gutes sein.

Hetty

Montag

Vielen Dank, dass du geholfen hast, meine Geburtstagsfeier zu organisieren. Ich werde in ein paar Wochen wiederkommen, wenn William seinen Geburtstag feiert, also … werden du und ich uns dann wiedersehen und können Pläne machen für unsere Weltherrschaft.

Ganz liebe Grüße,

Hetty

12. bis 15. September

Freitag

Rosie und Jake Hamilton

Hallo, ihr zwei, ich freue mich darauf, euch wiederzusehen. Heute Abend Dinner bei mir?
L.G., Annie

Hallo Annie,
es ist so schön, wieder hier zu sein, wir haben dich auch vermisst. Dinner klingt zauberhaft.
Rosie xx

Hallo Annie,
heute Abend bitte keinen starken Cider. Wir versuchen gerade, ein Baby zu bekommen.
Jake

Ja, bisher ohne Glück. :-(
Rosie

Es besteht kein Grund zur Eile, mein Liebling.
Jake

Wir hatten heute einen schönen Abend bei Annie. Zeit für den nächsten Versuch, ein Kind zu zeugen.
Rosie

Bloß kein Stress. Es gibt nichts Schöneres als ein romantisches Wochenende, und Stress ist pures Gift für jede Romantik.
Jake

Hör auf, in dieses Buch zu schreiben, und komm nach oben.

Rosie

Samstag

Wir machen jetzt einen Strandspaziergang.

Rosie

Ich darf das Schlafzimmer verlassen, als Belohnung für mein gutes Benehmen.

Jake

Wir haben am Strand einen Welpen gefunden, dem Aussehen nach ein Jack-Russell-Mischling. Ein weißes Fellknäuel mit Kippohren und großen Pfoten, total süß. Es war niemand in der Nähe, dem der Hund zu gehören schien. Also werden wir uns vorerst um ihn kümmern, und Annie wird sich umhören, ob jemand einen Welpen vermisst. Hoffentlich finden wir den Besitzer, bevor wir nach Hause fahren.

Rosie

Wir haben das Fellknäuel Flitzer getauft, weil er ständig herumflitzt, als würde in seinem Hintern eine Rakete stecken. Er ist so zutraulich.

Jake

Flitzer scheint Annie zu vergöttern; sie hat auch etwas ganz Besonderes an sich. Jeder liebt Annie. Jake und ich haben uns genauso sehr auf das Wiedersehen mit Annie gefreut wie auf den herrlichen Strand hier.

Rosie

Flitzer hat wenig beziehungsweise gar keine Disziplin. Kein Wunder, dass er allein am Strand zurückblieb, er macht nämlich nichts, was man ihm sagt. Trotzdem bringt er mich immer wieder zum Schmunzeln, der kleine Racker.

Ich hätte nie gedacht, dass ich das einmal sagen würde, aber ich bin froh, dass Flitzers Anwesenheit mir eine Atempause von dem ganzen Sex verschafft. Ernsthaft, ich hatte mir bereits vorgenommen, heute Abend Kopfschmerzen vorzutäuschen. Sex zum Vergnügen ist eine Sache, aber Sex zum Kindermachen nimmt eine ganz andere Stellung ein. Das Wortspiel ist unbeabsichtigt.

Jake

Du hast gesagt, du möchtest auch Kinder haben.

Rosie

Ja. Natürlich möchte ich Kinder haben. Aber ich möchte auch den Zeugungsprozess genießen können. Wenn wir unter Druck geraten, wird das nie was.

Jake

Was, wenn es wirklich nie klappt?

Rosie

Es wird klappen. Wir versuchen es gerade mal seit zwei Monaten. Wenn wir bis zum Ende des Jahres immer noch keinen Erfolg hatten, können wir einen Arzt konsultieren. Im Moment sollten wir uns einfach entspannen und unsere gemeinsame Zeit genießen.

Jake

Sonntag

Zu guter Letzt hat Flitzer doch noch bei uns im Bett geschlafen. Er jaulte herzzerreißend, als wir ihn unten im Wohnzimmer zurückließen, und es war einfacher, ihn zu uns hochzuholen, damit wir wenigstens ein paar Stunden Schlaf bekamen. Das lässt nichts Gutes ahnen, wenn wir einmal Kinder haben. Rosie ist ganz verliebt in Flitzer, sie trägt ihn überall mit sich herum, ein niedlicher Anblick.

Jake

Ich glaube, ich habe mich tatsächlich verliebt. Es ist einfach wunderbar zu beobachten, wie Flitzer über den Strand jagt, mit rotierendem Schwanz und Pfoten, die noch zu groß sind, um sich anmutig zu bewegen. Ich könnte ihm den ganzen Tag zuschauen.

Es gibt immer noch keine Spur von seinem Besitzer. Ist es falsch, dass ich mich ein kleines bisschen darüber freue?

Rosie

Wir können Flitzer nicht behalten, Rosie, das weißt du.
Jake

Montag
Ich bin todtraurig, weil wir Flitzer hier zurücklassen, aber nach einer langen Diskussion mit Jake ist mir klar, dass es nicht praktisch ist, wenn wir den Hund mitnehmen. Sein Besitzer könnte noch in der Nähe sein, und Annie kann die beiden leichter wieder zusammenführen als wir. Außerdem wohnen wir in der vierten Etage, wir haben nicht einmal einen Garten, in dem Flitzer sich austoben könnte, und der kleine Racker braucht genügend Auslauf, um seine endlose Energie zu verbrennen. Und er wäre stundenlang allein zu Hause, wenn wir bei der Arbeit sind. Zumindest wissen wir, dass Annie sich hervorragend um ihn kümmern wird, sie hat sich wohl genauso sehr in ihn verliebt wie wir. Und wenn sein Besitzer nicht ausfindig gemacht wird, können wir jederzeit wiederkommen und Flitzer besuchen.
Rosie xx

Ihr seid hier immer willkommen. Flitzer wird euch auch vermissen.
Annie

16. bis 18. September

Dienstag

Ich wollte ursprünglich schon gestern anreisen, aber ich habe mir den Knöchel gebrochen und musste warten, bis mein Sohn Zeit hatte, mich zu fahren. Ich kann zwar ein wenig herumhumpeln, aber ich bin mehr oder weniger an das Haus gefesselt. Trotzdem wollte ich diese Tage hier nicht verpassen, ich freue mich schon seit einer Ewigkeit darauf. Ich hoffe nur, mir wird nicht langweilig, wenn ich mit meinem Gipsfuß nirgendwohin kann.

Bei meiner Ankunft gab es zunächst ein kleines Problem mit dem Schlüssel. Als ich gestern mit Annie Butterworth telefonierte, sagte sie, sie würde mich heute persönlich empfangen, aber tatsächlich war sie nirgendwo zu finden. Schließlich wurde eine Dame namens Sophia auf mich aufmerksam. Sie hatte einen Ersatzschlüssel für das Cottage und ließ mich hinein. Sie war sehr beunruhigt, dass Annie nicht da war. Sie vermutete, dass Annie mit ihrem Hund einen Spaziergang machte.

Die Sache wird langsam interessant. Offenbar kam gestern eine Frau namens Sally wie vereinbart auf einen Tee vorbei, aber Annie war nicht da.

Etwas ist faul an dem Verschwinden von Annie Butterworth. Anscheinend wurde in ihrem Haus ein

Abschiedsbrief gefunden. Das hörte ich Sophia sagen, während sie hinten in Annies Garten mit jemandem namens Olly telefonierte. Sie hielt den Abschiedsbrief in der Hand und las ihn vor. Der Text lautete ungefähr so: »Lieber Olly, ich kann so nicht weitermachen. Das muss sofort ein Ende haben.« Sophia musste den Brief zweimal vorlesen, was für mich recht praktisch war.

Ich möchte nicht herzlos klingen, natürlich mache ich mir Sorgen um Annie, aber ich komme mir vor wie in einer Folge von *Coronation Street*. Schon erstaunlich, was man alles erfährt, obwohl man nur die eine Seite eines Gesprächs mithört. Offenbar hatten dieser Olly und Annie einen Riesenkrach, als er das letzte Mal hier zu Besuch war. Sophia erzählte, dass es Annie tagelang schlecht gegangen sei nach seiner Abreise. Sie erzählte auch, dass Nick – ich glaube, er ist Annies verstorbener Ehemann – ein Testament hinterlassen habe, das Annie zusätzlich den Rest gab. Olly macht sich wohl auf den Weg hierher, da Sophia am Schluss meinte, sie würde auf ihn warten, bevor sie etwas unternimmt.

Lieber Gott im Himmel, das ist das aufregendste Wochenende, das ich jemals erlebt habe. Vor wenigen Minuten landete ein schnittiger schwarzer Helikopter auf der großen Wiese hinter dem Garten, und wer stieg aus? Kein Geringerer als Oliver Black, der knackige Bestsellerautor, dessen Romane allesamt von großen Hollywood-Produzenten verfilmt wurden. Ich hatte ja keine Ahnung, dass es sich bei dem Olly, mit dem Sophia telefoniert hatte, um Oliver Black höchstpersönlich handelte. Was hat Oliver Black mit einem Niemand aus der tiefsten Provinz zu schaffen? Schließlich sieht man ihn jede Woche mit einer anderen Frau an seiner Seite in den Klatschzeitschriften, alles schöne, umwerfende, glamouröse Frauen. Obwohl er, wenn ich mich recht entsinne, schon seit einiger Zeit mit der Schauspielerin Vivienne Lake zusammen ist. Ich frage mich, was Miss Lake wohl von seinem spontanen Abstecher in die Provinz hält. Ich kann nur annehmen, dass es sich bei Annie Butterworth um ein bildschönes Model handelt. Oliver Black ist in der Realität sogar noch attraktiver als auf Fotos, so groß und stark.

Sophia und Oliver unterhielten sich im Garten. Sophia war richtig wütend. Sie sagte zu Oliver, dass er in jener Nacht genauso gut hätte sterben können, wenn er sein Leben nicht weiterleben wollte. Sie sprach von Nick und davon, wie sehr es ihm missfallen würde, Oliver so zu sehen, und dass es ihm noch mehr missfallen würde zu sehen, wie Oliver mit Annie umsprang. Dann zeigte sie ihm ein Blatt Papier, bei dem es sich vermutlich um Nicks Testament handelte. Oliver stöhnte laut auf, nachdem er es gelesen hatte, und verkündete dann, dass er Annie unbedingt finden müsse.

Inzwischen haben sich Leute auf der Dorfwiese versammelt, sicher hundert Menschen oder mehr.

Ein Hund, der plötzlich auftauchte, hat in der Menge einen großen Aufruhr verursacht. Offenbar handelte es sich um Annies Hund Flitzer, der von oben bis unten mit Schlamm bedeckt war. Während alle hofften, Flitzer würde sich als Lassie-ähnlicher Held entpuppen und sie zu Annies Leiche führen, wurden sie jedoch enttäuscht. Flitzer jagte ein Eichhörnchen einen Baum hoch, verfolgte dann eine Taube und konnte nur von der Dorfpolizei daran gehindert werden, blindlings über die Straße zu rennen.

Oliver Black koordiniert offenbar die gesamte Truppe; die Leute haben sich in Teams aufgeteilt, um nach Annie zu suchen. Viele sind in Richtung Strand aufgebrochen, Annies erklärter Lieblingsort, obwohl allgemein Konsens darüber herrscht, dass sie, dem Zustand ihres Hündchens nach zu urteilen, in den Salzwiesen sein muss, ein gefährlicher Ort, besonders wenn die Flut hereinkommt. Nun haben wir auch noch einen Wettlauf gegen die Zeit, einfach brillant. Ich meine, natürlich ist das für alle Betroffenen sehr beunruhigend.

In Chalk Hill ist eine große Stille eingekehrt. Ein paar ältere Bewohner wachen an der Heimatfront, für den Fall, dass Annie zurückkehrt, aber alle anderen sind unterwegs und suchen nach ihr.

Ich habe gerade auf Annies Gartentisch ein Blatt Papier entdeckt, wahrscheinlich das unliebsame

Testament. Soll ich mich rüberschleichen und es mir holen?

Ich muss immer wieder am Fenster vorbeigehen und auf dieses Blatt Papier starren. Es flattert sanft im Wind und neckt mich, lockt mich.

Ich halte es nicht aus. Ich muss wissen, was drinsteht.

Die Neugier war zu groß, ich habe mir gerade das Testament vom Tisch geschnappt. Es steht nicht viel drin, nichts, was meiner Meinung nach Annie aus der Bahn werfen könnte. Nick war offenbar so etwas wie ein Dichter, weil er Oliver sein Glück vermacht hat, obwohl er darüber spricht, als wäre Glück ein Gegenstand, den man festhalten und bewahren muss.

An Olly
Im Falle meines Todes möchte ich dir mein Glück hinterlassen. Ich möchte, dass du diesen Zustand der puren, ungetrübten Glückseligkeit und Freude erfährst. Ich erlebe ihn jeden Tag. Ich wache morgens auf und finde mich in diesem beglückenden Zustand wieder. Und wenn ich mein Glück in den Händen halte, fühlt mein Herz sich an, als würde es gleich platzen, und mein Gesicht schmerzt vom vielen Lächeln. Ich möchte, dass auch du dieses Glück erfährst. Nimm es jetzt mit meinem Segen. Halte es mit

beiden Händen fest und lass es nie wieder los. Kümmere dich gut um mein Glück, liebe und ehre es, und sei du auch glücklich.
Nick

Seltsam. In seinen letzten Worten an seine Nächsten hätte Nick eigentlich konkreter sein und einfach sagen müssen, wo er sein ganzes Geld versteckt hat, statt diese vage Botschaft über Glück zu hinterlassen. Wer will schon Glück, Geld macht viel mehr Spaß.

Das ist wahrscheinlich der Grund für Annies Bestürzung: Sie hat mit einem verborgenen Schatz gerechnet, den es gar nicht gibt. Inzwischen geht draußen die Sonne langsam unter, und die Suchmannschaften sind noch nicht zurückgekehrt.

Sie haben Annie gefunden, obwohl ich nicht weiß, ob sie noch lebt. Man wird sie gleich zurückbringen, aber die Alten im Dorf wirken sehr besorgt.

Draußen fuhr gerade ein Landrover vor, und Oliver Black stieg aus. Er sah schmutzig aus und unglaublicherweise heißer als je zuvor. Er eilte auf die andere Wagenseite, aber seine blonde Beifahrerin kletterte bereits heraus. Das muss wohl Annie gewesen sein, denn sie gingen zusammen in ihr Haus. Annie war recht hübsch, aber nichts Besonderes. Definitiv nicht zu vergleichen mit den Schönheiten, mit denen Oliver sich normalerweise umgibt. Sie war völlig verdreckt und bewegte sich ziemlich steif, als habe sie Schmerzen, aber allem Anschein nach hat sie keine bleibenden Schäden erlitten. Oliver versuchte, ihr ins Haus zu helfen, aber sie stieß ihn weg. Ich würde ihn sicher nicht wegstoßen, wenn er seinen Arm um mich legen würde.

Oliver und Annie scheinen gerade eine heftige Auseinandersetzung zu haben. Annies Hintertür steht offen, so wie meine auch, aber ich kann nur einzelne Satzfetzen aufschnappen. Trotzdem ist klar, dass sie ihn will und er sie nicht. Sie wollte sich ganz offensichtlich umbringen, weil er ihr eine Abfuhr erteilt hat, und nun ist er hier, weil er sich schuldig fühlt. Aber mal im Ernst, wen will diese Annie hier veräppeln? Als hätte sie auch nur die geringste Chance bei dem großartigen Oliver Black. Der Mann ist ein Gott.

Sie streitet ab, dass sie sich das Leben nehmen wollte. Sie behauptet, dass ihr Abschiedsbrief an Oliver ein ganz normaler Brief gewesen sei, den sie vor Wochen angefangen, aber nie zu Ende gebracht habe. Sie versucht, die Schuld auf ihren Hund zu schieben, der sich angeblich von der Leine losriss und in die Salzwiesen lief. Als sie die Verfolgung aufnahm, stürzte sie in einen Graben, aus dem sie sich nicht allein befreien konnte. Wer's glaubt, wird selig. Oliver scheint ihr die Geschichte auch nicht abzukaufen.

Da Annie nun in Sicherheit ist, frage ich mich, ob jetzt ein guter Zeitpunkt wäre, Oliver um ein Autogramm zu bitten.

Die beiden hatten gerade Sex! Das hier ist wirklich besser als *Coronation Street*. Annies Bad befindet sich direkt neben meinem, und unten in der Wand ist ein Loch, durch das man durchschauen kann. Das Loch ist mir zuvor schon aufgefallen, weil Licht durchfiel, und als ich Annie sagen hörte, dass sie jetzt duschen geht, und Oliver ihr seine Hilfe anbot, wusste ich, dass ich heimlich einen Blick riskieren musste. Mit meinem gebrochenen Knöchel war es ein bisschen knifflig, mich auf den Boden zu legen, aber es hat sich total gelohnt.

Als ich durch das Loch spähte, stand Annie nackt unter der Dusche, und Oliver wusch ihr gerade die Haare. Er hatte leider noch seine Hose an, aber allein sein Oberkörper ist ein Augenschmaus. Oliver begann dann, Annie abzubrausen, und sie hielt die ganze Zeit ihre Augen geschlossen, die Arme eng am Körper, als wäre sie gerade lieber ganz woanders. Würde Oliver Black mich abbrausen, würde ich ihn packen, meine Zunge in seinen Hals schieben, seine Hose herunterreißen und ihn in der Dusche vergewaltigen.

Kurz darauf waren Olivers Hände auf Annies Brüsten, was bei ihr die erste Reaktion hervorrief, seit sie unter der Dusche stand. Sie fragte ihn, was er da mache, und er erklärte, dass er sich nehmen würde, was ihm rechtmäßig zustünde. Dies rief eine weitere, heftigere Reaktion hervor. Annie stieß seine Hände weg und versuchte, die Dusche zu verlassen, aber Oliver hinderte sie daran. Sie wehrte sich, bis er sie an die Fliesenwand drückte und ihre Hände über ihrem Kopf festhielt. Ich dachte, er würde nun über sie herfallen, aber stattdessen erklärte er ihr, dass er hergekommen sei, weil er glaubte, sie wäre tot, dass er eine furchtbare Angst gehabt hätte und sich nun vergewissern müsse, dass Annie am Leben sei, dass er ihren Herzschlag an seinem spüren müsse.

Diese Annie ist offensichtlich ein sehr cleveres Mädchen. Zuerst droht sie damit, Selbstmord zu begehen, sodass Oliver zu ihr eilt, und dann tut sie so, als würde er sie nicht interessieren, womit sie ihn sicher in seinem männlichen Stolz verletzt. Statt dass sie sich auf ihn stürzt, muss er sie praktisch anflehen, damit sie mit ihm schläft. In der Tat sehr clever. Ich glaube nicht, dass ich so viel Raffinesse aufbringen würde.

Oliver küsste ihren Hals, während er sie immer noch gegen die Fliesen drückte, und als seine Lippen ihren Mund fanden, erwiderte sie seinen Kuss. Und dann hatten sie Sex, direkt in der Dusche.

Der Sex war hart und schnell und drängend und leidenschaftlich, und ich konnte keine Sekunde lang meine Augen abwenden.

Danach sanken beide auf den Boden und küssten sich eine Ewigkeit, während das warme Wasser auf sie herabströmte, und gerade als mir von dem Küssen ein wenig langweilig wurde, ging es schon wieder los. Dieses Mal dauerte der Sex länger, und es war langsamer, relaxter, während seine Hände überall auf ihrem Körper waren, als könnte er nicht genug von ihr bekommen. Sie küssten sich ununterbrochen. Dieser Mann ist wirklich ein Gott.

Als sie fertig waren, stieg Oliver sofort aus der Dusche. Annie rief ihm nach, dass er nicht wieder gehen könne wie beim letzten Mal, dass er und sie nichts Falsches getan hätten. Oliver kehrte mit einem Bademantel zurück, hüllte Annie darin ein und hob sie dann hoch, als wäre sie leicht wie eine Feder. Er versicherte ihr, dass er nicht die Absicht habe zu gehen, dass er Annie nie wieder verlassen würde und dass er sie einfach nur ins Bett bringen wolle.

Ich rannte beziehungsweise humpelte sofort hinaus in den Garten und sah die beiden dann in Annies Schlafzimmer. Sie waren nackt, und er küsste sie, bevor er das Licht ausmachte.

Nebenan ist jetzt Ruhe eingekehrt. Ich kann es kaum erwarten, dass es Morgen wird.

Judy Fisher

Mittwoch

Ich wurde vom nächsten Streit wach. Aber dieses Mal konnte ich so gut wie gar nichts verstehen. Der Name Vivienne fiel, die bequemlichkeitshalber vergessene Verlobte. Ich glaube, Oliver verprügelte Annie. Ich konnte dumpfe Schläge hören und Schreie, Glas ging zu Bruch oder wurde zerschmettert.

Kurze Zeit später landete der Helikopter, und Oliver schwirrte ab.

Die Presse ist da, ungefähr fünfzig Reporter kampieren vor Annies Haus. Ich frage mich, ob das mit meinen Anrufen zu tun hat. Ich habe ein paar Redaktionen darüber informiert, was ich gesehen und gehört habe, und sie schienen sehr interessiert zu sein. Ich kann es kaum erwarten, Annies Version der Ereignisse zu hören. So wie Oliver sie heute Morgen behandelt hat, wird sie ihn in Stücke reißen.

Als Annie das Haus verließ, stürzte sich die ganze Meute auf sie. Oliver hat Annie ganz offensichtlich geschlagen, denn ihr Gesicht war geschwollen, und sie hatte Blutergüsse an den Armen. Zu meiner Überraschung bestritt sie, dass sie gestern versucht hatte, sich das Leben zu nehmen, und auch, dass sie mit Oliver jemals eine Beziehung geführt habe, und ebenso, dass sie heute Morgen eine tätliche Auseinandersetzung mit ihm gehabt hätte. Auf ihre Blutergüsse angesprochen, antwortete sie, sie sei beim Spazierengehen mit ihrem Hund gefallen. Sie bestätigte, dass Oliver bei ihr gewesen sei, fügte aber hinzu, dass er öfter spontan in Chalk Hill auftauche, um seinen Vater und seine Tante zu besuchen, und dass er dann auch öfter bei ihr vorbeischaue, schließlich sei sie mit seinem Bruder verheiratet gewesen. Sie erklärte weiter, dass Oliver und sie schon seit ihrer Kindheit befreundet seien und dass sich daran nie etwas geändert habe. Ich kann nicht glauben, dass sie ihn in Schutz nimmt, nachdem er sie heute Morgen so mies behandelt hat. Auf die Frage, was Olivers Langzeitfreundin Vivienne Lake von diesem spontanen Besuch halten würde, antwortete Annie, dass sie und Vivienne sich gut kennen würden und dass Vivienne wüsste, dass die Beziehung zwischen Annie und Oliver nicht über eine platonische Freundschaft hinausgehe. Zum Schluss wünschte sie Oliver und Vivienne eine sehr lange und glückliche Beziehung. Falls Vivienne das tatsächlich glaubt, ist sie selber schuld.

Sobald die Reporter mit den Einheimischen sprechen, wird immerhin die Wahrheit über Annies Selbstmordversuch ans Tageslicht kommen, wenn schon sonst nichts.

Zu meinem großen Verdruss haben die Einheimischen alles geleugnet. Als man sie auf die große Suchaktion gestern ansprach, machten sie alle ein ratloses Gesicht, als könnten sie sich nicht daran erinnern, dass sie Annie sechs Stunden lang draußen in der Kälte und im Regen gesucht hatten.

Vivienne Lake hat auf Twitter geschrieben, dass sie wusste, dass Oliver nach Norfolk fliegen würde, um seine Verwandten zu besuchen, und dass Annie zu ihren engsten Freunden zählen würde. Eine enge Freundin, die Vivienne in den Rücken gefallen ist!

Auch Oliver verkündete über Twitter, dass es wohl ein ereignisarmer Tag in den Redaktionen sein müsse, wenn sie eine zwei Jahre alte Geschichte neu aufwärmten. Offenbar wurden er und Annie damals von der Presse belagert, als er nach Nicks Tod bei Annie blieb. Er könne nicht verstehen, warum die Medien einen Kurzbesuch bei seiner Familie und seiner Schwägerin so spannend fänden.

Oliver hat soeben einen neuen Tweet verschickt, um mitzuteilen, dass er nun zum Zahnarzt gehe, falls es die Presse interessiere, vielleicht würde es ja auf den Titelseiten erscheinen.

Oliver hat getwittert, dass er zum Mittag ein Schinkensandwich hatte und nun erwarte, dass die Abendnachrichten darüber berichten.

Annie ist in ihrem Vorgarten und rupft Unkraut. Die Reporter haben inzwischen das Interesse an der Story verloren. Sie machten halbherzig ein paar Aufnahmen von Annie bei ihrer Gartenarbeit, aber da niemand meine Darstellung bestätigt hat, stehe ich nun da wie eine verrückte, sensationslüsterne alte Schachtel, die zu viel Zeit hat.

Judy

Donnerstag

Nachdem die Einheimischen fest zusammenhielten und übereinstimmend bestritten, dass irgendein Unheil geschehen sei, zog die Presse wieder ab. Mein Sohn kommt mich nachher abholen. Trotz des Umstands, dass ich hingestellt wurde, als wäre ich eine Idiotin, hatte ich eine großartige Zeit. Ich werde bald wiederkommen, um mehr Promiklatsch aufzuschnappen.

Judy

Judy Fisher ist soeben abgereist, und sie wird ganz sicher nicht wiederkommen, nur über meine Leiche, was noch eine Weile dauern kann, weil ich nämlich keine Selbstmordabsichten habe! Ich kann nicht glauben, dass jedes Detail aus meinem Privatleben hier schwarz auf weiß geschrieben steht und alle Gäste es lesen können. Vor allem, weil das meiste davon völlig unzutreffend ist. Ich möchte gerne kategorisch feststellen, dass Oliver mich nicht geschlagen hat.

Und wir hatten auch keinen Sex.

Annie

Mein Gott! Was für eine spannende Geschichte.

Sophia

Sophia! Es ist nichts passiert, das ist nur das verrückte Geschwätz einer gelangweilten und einsamen Frau. Du weißt, Oliver würde mich niemals schlagen. Was glaubst du wohl, wie viele von Judys anderen Behauptungen genauso erfunden sind?

Annie

Ohne Rauch kein Feuer.

Sophia

Es gibt kein Feuer!
Annie

Deine roten Wangen und das Funkeln in deinen Augen lassen auf das Gegenteil schließen.
Sophia

19. bis 22. September

Freitag

Mr. und Mrs. Jones? Ernsthaft? Komm schon, Anthony, ist dir nichts Besseres eingefallen?

Diese ganze Heimlichtuerei macht mich wahnsinnig. Die separaten Handys, die zwielichtigen Absteigen, die heimlichen Schäferstündchen. Und wozu das alles? Jeder weiß es, dein Chef weiß es, deine Freunde wissen es, deine Eltern wissen es, und es würde mich überhaupt nicht wundern, wenn deine Frau es auch weiß.

Denkst du, Annie Butterworth kümmert es wirklich, wer wir sind? Denkst du, sie würde deine Frau anrufen und ihr sagen, dass wir beide eine schmutzige Affäre haben? Offen gesagt, ich wäre erleichtert, wenn sie es täte. Deine Ehe ist eine Farce, und je eher sie vorbei ist, desto besser.
Rachel

Rachel, mein Schatz, ich liebe dich, das weißt du. Wir werden bald richtig zusammen sein, ohne diese ganze Heimlichtuerei. Ich bin nur nicht bereit, dieser Hexe Jessica einen Scheidungsgrund zu bieten. Sie würde mich bis auf den letzten Penny ausnehmen, und das werde ich unter keinen Umständen zulassen. Hab Geduld, mein Liebling, ich habe einen Plan.
Anthony

Gehört zu deinem Plan, zweigleisig zu fahren? Gehört zu deinem Plan, dich wie ein rückgratloser Feigling zu verhalten?
Rachel

Okay, ich sehe schon, du hast schlechte Laune. Hat es damit zu tun, dass meine Sekretärin dich eine Hure genannt hat?
Anthony

Damit auch. Du hast nichts getan, um mich zu verteidigen. Du hättest sie auf der Stelle feuern sollen.
Rachel

Rachel, Mrs. Kessington arbeitet seit fünfunddreißig Jahren in unserer Firma, sie ist ein Juwel, und ich kann sie unmöglich feuern. Es stimmt, sie sagt offen ihre Meinung, aber ohne sie wäre ich verloren. Außerdem konnte ich dich wohl kaum verteidi-

gen, oder? Was hätte ich Mrs. Kessington denn sagen sollen? Dass du die Frau bist, die ich liebe und mit der ich mein Leben verbringen möchte?
Anthony

Also hast du lieber in Kauf genommen, dass sie mich für eine Hure hält? Für ein billiges Flittchen, das du an einer Straßenecke aufgelesen hast?
Rachel

Mir wäre es lieber, sie wüsste überhaupt nichts von dir, aber da du darauf bestehst, regelmäßig in meinem Büro aufzutauchen, was erwartest du? Außerdem ist es ratsam, sich mit Mrs. Kessington gut zu stellen. Sie spielt nämlich regelmäßig Golf mit Mrs. Axe, Jessicas Mutter. Ich möchte vermeiden, dass irgendetwas zu Jessica durchdringt.
Anthony

Ich habe mich zu Tode geschämt.
Rachel

Kommunizieren wir jetzt das ganze Wochenende über dieses verdammte Buch hier? Wenn ich gewollt hätte, dass man mir die kalte Schulter zeigt, hätte ich auch zu Hause bei meiner Frau bleiben können.
Anthony

Samstag

Ich fühle mich jetzt viel besser. Mein Gott, der Mann ist einfach gut mit seinen Händen.

Rachel

Rachel, Herrgott noch mal! Warum nehmen wir unsere Mätzchen nicht einfach auf Video auf und hinterlassen eine Kopie für die zukünftigen Gäste? Ich möchte solche Dinge nicht noch einmal in diesem Buch lesen.

Anthony

Ich bin dieses Wochenende nicht hergekommen, um schöne Spaziergänge am Strand zu genießen. Ich bin nur aus einem einzigen Grund hier. Wenn ich nicht darüber schreiben darf, habe ich nichts mehr zu sagen.

Rachel

Sonntag

Ich habe immer noch nichts zu sagen, weil wir nichts anderes gemacht haben.

Rachel

Montag

Mmmh, es ist schön, nichts zu tun. Tatsächlich könnte ich mit diesem Mann für den Rest meines Lebens nichts tun. Nichts in der Küche, nichts im

Wohnzimmer, nichts auf dem Esstisch, nichts im Schlafzimmer, nichts unter der Dusche, was ich besonders toll fand, und gestern am späten Abend haben wir sogar nichts im Garten getan.

Heute fahren wir wieder nach Hause. Ich werde es sicher eine Weile vermissen, nichts zu tun.

Rachel

OKTOBER 2014

27. September bis 4. Oktober

Samstag
Ein zauberhaftes Wochenende mit meiner zauberhaften Frau.

Meine Frau und ich haben schon sehr lange nichts mehr für uns gemeinsam getan, und ich denke, es ist höchste Zeit, dass wir das nachholen.

Um die Wahrheit zu sagen, meine Frau und ich verstehen uns in letzter Zeit nicht besonders gut.

Unser Therapeut sagt, dass ich ehrlich zu meiner Frau sein soll, dass ich aufrichtig mit ihr reden soll, wenn diese Woche hier nichts weiter bringt, dass ich ihr genau sagen soll, was ich empfinde. Es ist sehr schwer, mit Gaby zu reden, wenn sie mich kaum ansieht und seit ein paar Monaten kaum mit mir spricht. Vielleicht kann ich also hier, in diesem Buch, ganz ehrlich sein.

Ich habe Angst davor, meine Frau zu verlieren.

Gaby erlitt vor ungefähr einem Jahr eine Fehlgeburt. Sie war im fünften Monat, als sie unser Kind verlor. Einen kleinen Jungen. Wir wollten ihn Jack nennen. Gott, es bricht mir immer noch das Herz, wenn ich an ihn denke. Danach fiel Gaby in eine tiefe Depression. Sie weinte einen Monat lang fast ununterbrochen. Es tat mir unheimlich weh, dass ich nichts tun konnte, um ihr diesen Schmerz zu nehmen. Aber trotz allem, was wir durchgemacht hatten, was wir verloren hatten, wir blieben uns immer nah, sowohl körperlich als auch seelisch. Unser Therapeut warnte uns, dass dieser schwere Verlust uns auseinanderreißen könnte, aber wenn überhaupt, standen Gaby und ich uns näher denn je.

Gaby erholte sich langsam und lächelte wieder. Sie nahm nicht länger an den Therapiesitzungen teil, obwohl ich weiter hinging. Sie sagte, unser Therapeut würde sie an eine furchtbare Zeit in ihrem Leben erinnern, und sie wollte nach vorne schauen. Sechs Monate lang war sie die Frau, in die ich mich aufs Neue verliebte. Wir lachten, wir tanzten, wir gingen aus, wir trafen Freunde, wir liebten uns jede Nacht. Dann wurde Gaby wieder schwanger, und alles änderte sich auf einen Schlag. Sie ist jetzt im vierten Monat. Es hätten die glücklichsten vier Monate unseres Lebens sein sollen. Stattdessen waren es die schlimmsten.

Gaby fing wieder an zu weinen, nicht tagsüber, aber nachts, wenn wir zusammen im Bett lagen.

Während sie sich vorher in ihrem Körper rundum wohlfühlte, versucht sie nun, ihn zu verstecken, indem sie ihn mit einem Handtuch oder einem Bademantel verhüllt. Ich darf nicht einmal ins Bad kommen, wenn sie gerade unter der Dusche steht.

Ich habe versucht, mit ihr darüber zu reden, aber sie will nichts davon wissen. Jedes Mal, wenn ich das Thema anspreche, geht sie weg.

Sie zieht sich immer mehr von mir zurück. Zwischen uns ist eine Kluft entstanden, die vorher nicht da war. Letzte Woche erklärte Gaby mir, wenn ich gehen wollte, dann sollte ich das tun. Sie würde mich nicht brauchen, um dieses Kind großzuziehen, sie würde hervorragend alleine zurechtkommen.

Ich habe in meinem ganzen Leben noch nie so bittere Tränen geweint.

Die Vorstellung, Gaby zu verlieren, bricht mir das Herz.

Ich weiß nicht, was ich tun soll.

Mit diesem Cottage verbinden uns so viele glückliche Erinnerungen. Es ist der Ort, wo wir uns vor fünf Jahren kennenlernten, als wir mit einer Gruppe von Freunden hier zu Gast waren. Es ist der Ort, wo ich Gaby meinen Heiratsantrag gemacht habe. Ich dachte, vielleicht können wir den Zauber von damals wieder einfangen.

Obwohl, so wie Gaby mich gerade angesehen hat, frage ich mich, ob das jetzt alles Vergangenheit ist.

Ich weiß nicht, ob es für uns noch einen Weg zurück gibt.

Seth

Sonntag

Ich habe Gaby gefragt, ob sie mit mir spazieren geht, aber sie hat abgelehnt. Schätze, dann gehe ich wohl alleine.

Seth

Seth spielt den armen Ehemann sehr gut. Ich werde mir diesen Niedergang unserer Ehe nicht von ihm anhängen lassen. Das ist alles seine Schuld.

Gaby

Ich wusste, dass du mir die Schuld am Tod unseres Babys gibst. Du hast es immer abgestritten, aber ich wusste, du machst mich dafür verantwortlich.

Seth

Dafür mache ich dich nicht verantwortlich. Mag sein, dass ich dich gerade hasse, aber sicher nicht deswegen.

Gaby

Du hasst mich? Und du hast beschlossen, dass dieses Buch das beste Mittel ist, um mir das zu erklären?

Seth

Und du hast beschlossen, dass dieses Buch das beste Mittel ist, um allen zu erklären, dass ich eine Fehlgeburt hatte und eine Depression. Dafür hasse ich dich gerade. Was zwischen uns ist, sollte unter uns bleiben. Warum du darauf bestehst, jede Woche diesen überbezahlten Therapeuten zu besuchen, um ihm all unsere Probleme zu berichten, ist mir schleierhaft. Wenn du ein Problem mit mir hast, solltest du mit mir reden.

Gaby

Ich habe versucht, mit dir zu reden, aber du hörst mir nicht zu. Du sprichst seit vier Monaten kaum ein Wort mit mir.

Seth

Dann hast du also ein Problem mit mir?

Gaby

Nein, natürlich nicht. Du sprichst nicht mit mir, du weinst die ganze Zeit. Ich weiß nicht, was ich falsch gemacht habe.

Seth

Hast du eine Affäre?

Gaby

Oh mein Gott, nein! Wie kommst du darauf?

Seth

Ich weiß nicht, was schlimmer ist, dass deine Liebe zu mir stirbt, weil es eine andere Frau gibt, oder weil ich in deinen Augen einfach langweilig geworden bin.

Gaby

Meine Liebe zu dir ist nicht gestorben. Ich liebe dich so sehr.
Seth

Ich sehe es jeden Tag in deinen Augen. Du willst nicht mehr mit mir zusammen sein.
Gaby

Ich will die Scheidung. Ich bin unglücklich, du machst mich unglücklich, und ich kann so nicht mehr weitermachen.
Gaby

Warte. Augenblick. Wir müssen darüber reden, und zwar richtig.
Seth

Es gibt nichts zu reden. Für uns beide gibt es keine Zukunft mehr.
Gaby

Du solltest dir das gründlich überlegen.
Seth

Ich habe mir das gründlich überlegt, zwei Monate lang. Bitte wehr dich nicht dagegen. Mach es nicht schwerer, als es ohnehin schon ist. Das ist doch schließlich genau das, was du wolltest.
Gaby

Wie kannst du so etwas sagen? Ich will dich, ich will mit dir zusammen sein. Bitte, tu das nicht. Sag mir, was ich tun kann, damit du deine Meinung änderst. Was mache ich, dass du unglücklich bist?
Seth

Ich werde meine Meinung nicht ändern. Und es geht eher darum, was du nicht machst.
Gaby

Ich verstehe nicht, was du meinst. Bitte, sprich mit mir darüber. Ich habe eine Erklärung verdient. Ich darf dich nicht verlieren, ich liebe dich.
Seth

Nein, du liebst mich nicht, nicht mehr.
Gaby

Du hast in den letzten zwei Tagen mehr in diesem Buch hier gesagt als in den letzten zwei Monaten zu mir persönlich. Rede mit mir.
Seth

Das Buch hasst mich nicht.
Gaby

Ich hasse dich doch nicht. Gott, Gaby, bitte.
Seth

Es ist spät, ich gehe ins Bett. Ich würde es vorziehen, wenn du heute Nacht in dem anderen Zimmer schläfst.

Gaby

Dienstag

Ich war nur kurz hier, um zu schauen, ob ihr euch gut eingewöhnt habt. Man hört euch praktisch gar nicht.

Ich habe gerade eure Einträge gelesen. Es tut mir unheimlich leid, dass ihr beide Probleme habt. Ich werde euch nicht stören, ihr braucht Zeit, um euch auszusprechen. Es scheint mir, als wäre noch viel Liebe vorhanden, um die es sich zu kämpfen lohnt. Redet miteinander. Falls es zu Ende ist, dann trennt euch offen und ehrlich voneinander.

LG, Annie

Danke, Annie.

Ich bekomme kein Auge zu. Ich versuche gerade, den Punkt zurückzuverfolgen, ab dem alles schieflief. Wir waren so glücklich.

Seth

Und dann bin ich fett geworden. Und jetzt findest du mich abstoßend.

Gaby

Du bist schwanger, nicht fett. Und du bist wunderschön.
Seth

Du warst von meinem Körper immer besessen, du hast mich eine Schönheit genannt. Du konntest deine Hände nicht von mir lassen. Nun rührst du mich überhaupt nicht mehr an. Du findest mich abstoßend. Ich habe es in deinen Augen gesehen, als ich dir sagte, dass ich wieder schwanger bin. Du warst enttäuscht. Du wolltest nicht, dass ich wieder fett werde.
Gaby

Nein, Gaby. Ich war nicht enttäuscht. Ich habe mich riesig gefreut. Aber gleichzeitig hatte ich panische Angst. Angst davor, dass wir unser Baby verlieren könnten, dass du wieder depressiv wirst. Es hat mich innerlich zerrissen, wie du beim letzten Mal immer trauriger wurdest und ich nichts tun konnte, um es zu stoppen. Schlimmer noch, ich war der Grund dafür.
Seth

Du warst nicht der Grund dafür, dass unser Baby gestorben ist. Glaubst du das etwa immer noch? Die Ärzte haben dir erklärt, dass es nicht deine Schuld war, ich habe es dir erklärt, und selbst der überbezahlte Therapeut hat dir erklärt, dass du nichts dafür konntest. Dass du am Abend zuvor mit mir geschlafen hast, war nicht der Grund für meine Fehlgeburt. Du musst diese Vorstellung endlich loslassen.

Gaby

Wie kann ich das? Du verlässt mich, weil du mich hasst. Wenn du mich nicht deswegen hasst, weswegen dann?

Seth

DU HÖRST MIR NICHT ZU! ICH VERLASSE DICH, WEIL DU MICH NICHT MEHR LIEBST, WEIL DU MICH SO HÄSSLICH FINDEST, DASS DU DICH NICHT ÜBERWINDEN KANNST, MICH ZU BERÜHREN.

Ich gehe jetzt ins Bett. Bitte schlaf wieder in dem anderen Zimmer. Ich kann nicht mit dir in einem Bett liegen, wenn ich mich so grotesk und fett fühle.

Gaby

Gaby, mein Liebling, ich kann nicht glauben, dass du die ganzen letzten Wochen so etwas gedacht hast. Ich wollte dich so gern berühren, mit dir schlafen. Ich fand dich immer heiß, und deine Schwangerschaft hat daran nichts geändert. Wenn überhaupt, dann sind meine Gefühle für dich eher stärker geworden.

Als ich dich das erste Mal im Bett abgewiesen habe, wusste ich, dass du angepisst warst, aber mir war nicht bewusst, dass du dachtest, der Grund dafür sei, dass ich dich nicht mehr liebte. Ich dachte, du wüsstest, was für eine Angst ich davor hatte, dass das alles noch einmal passieren könnte. Ich dachte, du würdest meine Angst verstehen.

Wir hätten darüber reden müssen. Ich habe es versucht, aber du hast mich jedes Mal einfach stehen lassen. Ich hätte dich zwingen müssen, dass du mir zuhörst, aber wenn du schlecht drauf bist, ist es am besten, man lässt dich in Ruhe, bis du dich wieder beruhigt hast. Das hast du mir selbst schon öfter gesagt, dass man dich einfach in Ruhe lassen soll, wenn du miese Laune hast. Ich dachte, es würde ein, zwei Tage dauern. Mir war nicht klar, welche Schlüsse du aus meinem Verhalten ziehen würdest. Je mehr ich die Sache schleifen ließ, umso schlimmer wurde es.

Gaby, der Grund, warum ich nicht mit dir schlafen wollte, war meine große Angst davor, dem Baby zu schaden, dir zu schaden.

Seth

Mittwoch

Gaby kam heute Morgen herunter, las meinen letzten Eintrag und brach in Tränen aus. Sie schluchzte eine halbe Stunde lang und war nicht mit Worten zu beruhigen. Dann stand sie auf und verließ das Cottage.

Sie ist jetzt seit ungefähr einer Stunde weg. Ich mache mich auf die Suche nach ihr.

Seth

Ich bin gerade zurückgekommen. Seth ist offenbar noch draußen, um mich zu suchen.

Seth, es tut mir so leid … Ich weiß nicht, was ich sonst sagen soll. Wir haben uns im Bett immer so gut verstanden, der Sex war eins der besten Dinge an unserer Beziehung, einfach fantastisch. Und wenn ich dir dabei in die Augen schaute, sah ich, wie sehr du mich liebtest … Aber dann sah ich, dass du dich von mir abwandtest, ich sah Angst in deinen Augen statt Liebe. Ich dachte, du würdest mich nicht mehr lieben, dass du mich hasst. Ich dachte, du würdest nur wegen dem Baby bei mir bleiben. Ich habe das Gespräch mit dir vermieden, weil ich große Angst hatte, du würdest unsere Ehe beenden, und ich hätte es nicht ertragen, dich diese Worte sagen zu hören. Gott, ich habe dich so sehr vermisst, mir war nicht bewusst, wie wichtig mir deine Nähe ist, aber ich brauche dich. Ohne dich werde ich die nächsten fünf Monate nicht überstehen.

Ich gehe jetzt nach oben, und wenn du wieder da bist, möchte ich, dass du zu mir raufkommst und mit mir schläfst. Bitte.

Gaby

Freitag

Wir haben die letzten zwei Tage damit verbracht, miteinander zu schlafen, zu weinen, zu reden und wieder miteinander zu schlafen. Ich kann nicht glauben, dass wir ganz dicht davorstanden, das alles wegzuwerfen, nur weil wir nicht darüber geredet haben. Wir haben uns gegenseitig geschworen, dass wir von nun an, was auch in unserem Leben passieren wird, immer über alles reden werden.

Seth

Ich war so blöd. Ich hätte fast meinen besten Freund verloren.

Gaby

Samstag

Ich mache jetzt mit meinem zauberhaften Mann einen Spaziergang am Strand, bevor wir wieder nach Hause fahren. Ein Glück, dass wir hergekommen sind.

Gaby

6. bis 10. Oktober

Montag

Ich soll meine Autobiografie schreiben. Ich habe es eine Ewigkeit vor mir hergeschoben, aber es macht Sinn, sie hier zu schreiben, wo ich aufgewachsen bin.

Warum ist es schwieriger, über mich selbst zu schreiben, als mir Geschichten auszudenken?

Als ich die Kommentare von Judy Fisher gelesen habe, musste ich lachen. Sie enthalten mehr Fantasie als alle meine Romane zusammen. Annie und ich hatten keinen Sex, wir hatten keine Auseinandersetzung, und ich habe Annie definitiv nicht geschlagen. Wir haben bei meinem letzten Besuch nett miteinander geplaudert, und wir waren uns beide einig, dass wir Freunde sind und nichts weiter.

Olly

DIENSTAG

MITTWOCH

DONNERSTAG

FREITAG

Warum schreibst du nichts?

Annie

Was soll ich denn schreiben? Ich werde ganz sicher nicht meine Gedanken und Gefühle in diesem Buch ausbreiten, damit sie jedermann lesen kann.

Olly

Du könntest von deiner Woche berichten.

Annie

Zufällig war meine Woche verdammt spektakulär.

Es ist immer schön, nach Hause zu kommen und meine Freunde und Familie wiederzusehen.

Olly

Ich hatte auch eine ziemlich gute Woche.

Wie kommst du mit deiner Autobiografie voran?

Annie

Ich war diese Woche ziemlich beschäftigt. Ich habe nicht viel geschrieben.

Olly

Schreibblockade?

Annie

Ablenkungen. Schöne Ablenkungen. Sehr, sehr schöne Ablenkungen.

Wir sehen uns nächste Woche, ich muss diese verdammte Autobiografie fertig bekommen, und da ich gerade erst damit angefangen habe, werde ich am Montag wieder hier sein. Heute Abend treffe ich mich mit Vivienne. Wir fahren zusammen weg und verbringen ein schönes romantisches Wochenende.

Olly

Wie reizend. Ich freue mich sehr, dass es für euch so gut läuft. Ich hoffe, sie hat nichts von dem Unsinn geglaubt, den die Presse über uns geschrieben hat.

Annie

Sie wird sich hüten zu glauben, was die Klatschreporter schreiben.

Pass auf dich auf, Annie.

Olly

10. bis 13. Oktober

Freitag

Ich bin hier wegen der Verschwörung. Ich habe gerade mit Annie Butterworth gesprochen, und sie bestreitet, etwas über die Verschwörung zu wissen, aber ich habe diese Taktik im ganzen Land erlebt und bin inzwischen darauf eingestellt. Natürlich wissen die Einheimischen Bescheid, wie könnte es auch anders sein? Aber sie halten allesamt dicht. Entweder wurden sie von der Regierung bezahlt oder vom Militär bedroht, und wenn jemand kommt und fragt, stellen sie sich einfach dumm.

Ich weiß natürlich, was Sache ist, sie können es nicht vor mir verbergen. Jemand muss der Öffentlichkeit die Augen öffnen. Nur der Tod wird mich zum Schweigen bringen. Sie haben zweimal versucht, mich umzubringen, aber ich lasse mich nicht einschüchtern. Außerdem, selbst im Falle meines Todes wird mein Vermächtnis fortbestehen.

Meine Mission findet offenbar Befürworter. Meine Homepage wurde mehr als zweihunderttausendmal angeklickt. Sogar eine überregionale Zeitung berichtete über mich. Zugegeben, der Artikel war nicht sehr schmeichelhaft, aber er brachte mir große Aufmerksamkeit. Viele Menschen schrieben mir, dass sie meiner Theorie zustimmten.

Ich habe meine Ergebnisse dokumentiert und verwahre sie in einem Tresor, damit nach meinem Tod andere meinen Kampf fortführen können. Ich werde einen Teil meines Wissens hier notieren, der einzige Ort, wo sie nie auf die Idee kommen werden nachzuschauen.

Es begann alles damit, dass ich die Erde mit Google Earth studierte und feststellte, dass viele Bereiche geschwärzt waren. Sie lagen hinter verdächtigen Wolken, waren stark verpixelt, von schwarzen Balken verdeckt, grün eingefärbt, oder es waren, im Fall von etlichen Gebieten, einfach andere Bilder darübergelegt.

Es gibt zahlreiche Theorien darüber, was sich hinter diesem Phänomen verbirgt. Eine davon lautet: Außerirdische. Demnach könnte es sich bei diesen Gebieten um Orte handeln, an denen Außerirdische landeten und womöglich ihre eigene Stadt gründeten. Extraterrestrische Leuchtfeuer sind eine weitere Theorie, genau wie Atomtestanlagen, militärische Stützpunkte, königliche Residenzen, die Häuser der Reichen und Berühmten. Was auch immer dahinterstecken mag, klar ist jedenfalls, dass die Mächtigen etwas vor uns verbergen.

Ich begann mir Gedanken darüber zu machen, was

unsere Regierung wohl vor uns verheimlicht. Dann, auf einer Reise nach Schottland, machte ich eine Entdeckung. Bei einer Wanderung durch die Highlands in der Nähe von Ullapool verlor ich ein wenig die Orientierung. Es gelang mir mithilfe meines Smartphones, meinen Standort zu lokalisieren. Aber dann bemerkte ich etwas Eigenartiges. Draußen im Meer befand sich eine kleine Insel, die in meiner Karte nicht verzeichnet war. Auf der Karte war an dieser Stelle nur Wasser, aber die Insel, ungefähr einen Kilometer lang, war mit dem bloßen Auge deutlich zu erkennen. Es gab also vor der schottischen Nordküste eine geheime Insel, auf der zudem Gebäude standen, darunter eine große Lagerhalle. Ich blieb auf meinem Posten und beobachtete die Insel viele Stunden lang durch mein Fernglas. Ich sah Menschen, die sich zwischen den Gebäuden bewegten, aber die große Lagerhalle bildete den Mittelpunkt des Geschehens.

Auf meinem Rückweg verirrte ich mich wieder und landete schließlich in einem Pub. Als ich die Einheimischen dort auf die geheimnisvolle Insel ansprach, taten sie so, als würde ich Unsinn reden. Ein Mann erklärte mir, dass ich mir den falschen Kartenausschnitt angesehen hätte und dass es sich bei meiner Entdeckung um die Isle De Mitt handeln würde, eine militärische Anlage, die aber auf jeder Karte eingezeichnet sei. Zum Beweis zückte er sein Smartphone, aber die Insel, die er mir zeigte, hatte von der Form her keinerlei Ähnlichkeit mit der, die ich gesehen hatte.

Ein anderer Gast, ein Mann mit einem Glasauge, winkte mich zu sich und erzählte mir von einem außerirdischen Raumschiff, das man in den Hügeln gefunden und auf die geheimnisvolle Insel gebracht habe, von der ich sprach. Er erklärte mir, dass man die Technologie verwendet habe, um ein Superraumschiff zu bauen, das durch Galaxien und Universen reisen könne. Nun war ich mir nicht sicher, ob dieser Mann als Zeuge glaubwürdig war, aber es bestand kein Zweifel daran, dass diese Insel vor der Öffentlichkeit geheim gehalten wurde, und ich betrachte es als meine Aufgabe, die Menschen aufzuklären.

Nachdem ich in meinem Blog über meine Entdeckung berichtet hatte, wurden zwei Mordanschläge auf mich verübt. Bei dem ersten rammte mich ein anderer Wagen auf einer Kreuzung. Der Fahrer behauptete, seine Ampel habe Grün gezeigt, genau wie meine. Er sprach mit Akzent, und meine Versicherung konnte ihn hinterher anhand der Daten, die er mir gegeben hatte, nicht ausfindig machen. Offensichtlich eine Vertuschungsaktion der Regierung.

Der zweite Anschlag ereignete sich nur drei Tage später. Eine Fähre, mit der ich ursprünglich zu den Orkney Islands übersetzen wollte, versank im Meer. Ein Glück, dass ich an jenem Tag das Gefühl hatte, verfolgt zu werden, und daher beschloss, meinen Ausflug zu dem Archipel zu verschieben. Ich kaufte mir trotzdem eine Fahrkarte und stellte mich demonstrativ in die Warteschlange am Anleger, huschte dann aber im letzten Moment hinter einen Frachtcontainer und versteckte mich. Das Schiff legte ab, und etwas später erfuhr ich, dass es in Seenot geraten und gesunken war. Es wurde niemand verletzt, aber es hätte auch ganz anders ausgehen können.

Danach wusste ich, dass ich einer geheimen Sache auf der Spur war und man offensichtlich versuchte, mich aus diesem Grund zu töten. Meine Mission, dieses Geheimnis aufzudecken, dauert nun schon drei Jahre. Bis jetzt habe ich im Vereinten Königreich sieben Orte entdeckt, die auf keiner Karte und auf keinem Satellitenbild existieren.

Einer davon ist ein kleiner umzäunter Wald. Auf den Karten und im Internet wird dieses Gebiet als ein freies Feld dargestellt. Ich konnte zwar nicht sehen, was sich hinter der ersten Baumreihe verbarg, aber ich schritt den Zaun einmal komplett ab und schätzte das gesamte Areal auf eine Größe von circa vierhundert Quadratmetern. Es gibt ein Tor, und ich konnte deutlich frische Reifenspuren sehen und auch elektrische Leitungen, die auf das Gelände führen. Die Einheimischen gaben sich wie immer ahnungslos, die meisten behaupteten, dass es sich nur um ein Stück Wald handele, und einer erklärte mir, ich sei auf einen Privatforst gestoßen. Als ich in jener Nacht in der Nähe des Waldes zeltete, beobachtete ich mit meinem Nachtsichtgerät, dass ein Truck, voll beladen mit Kisten, auf das Gelände fuhr und es später wieder verließ, ohne Ladung. Ich hörte auch ein lautes Summen, das aus dem Wald kam.

Der zweite Ort, den ich entdeckte, war ein schwarzer Turm. Er hatte keine Tür, keinen erkennbaren Eingang, aber aus dem Inneren waren Stimmen und Geräusche zu vernehmen. Der Turm stand verborgen zwischen hohen Bäumen und war nicht auf Satellitenaufnahmen zu sehen, aber in den Landkarten der Vermessungsbehörde war er bestimmt eingezeichnet.

Meine nächste Entdeckung war eine Hütte am Ende eines schmalen Trampelpfads. Es gab dort weit und breit kein anderes Gebäude. Die Hütte hatte keine Fenster, nur eine Tür aus massivem Metall, und auch sie tauchte auf keiner Karte und keinem Satellitenbild auf.

Die Küste eignet sich am besten für Verstecke. Zahlreiche Inseln, Meeresfelsen und sogar die Küstenlinie selbst sind nicht wirklich identisch mit den Satellitenbildern. Die Regierung hat diese allerdings so sorgfältig gefälscht, dass es kaum auffällt. Hier ein paar Meter extra, dort ein Stück weniger. Aber es gibt Unterschiede. Man muss die Gebiete nur abschreiten, um das zu sehen. So konnte ich eine winzige Insel ausmachen, auf der allem Anschein nach ein Sendemast steht, aber weder Insel noch Mast sind in den Karten beziehungsweise Luftbildern dokumentiert.

Aus diesem Grund bin ich nun in Wells-next-the-Sea. Ich habe meine Follower gebeten, wachsam zu sein und mich zu informieren, falls ihnen etwas Ungewöhnliches auffällt. Einer von ihnen hat mir die

Anomalie hier gemeldet. Man braucht sich nur auf Google Earth den Küstenabschnitt vor Holkham, Wells-next-the-Sea, Stiffkey, Morston und Blakeney anzuschauen, und man sieht viele verdächtige, unscharfe Stellen und dunkle Flecken, wo die Kamera scheinbar nicht sauber fotografiert hat.

Ich habe Annie Butterworth gefragt, welches Geheimnis sie vor mir verberge, und sie machte ein sehr schuldbewusstes Gesicht, aber leugnete dann rasch, dass sie Geheimnisse habe.

Ich werde mir morgen diesen Küstenabschnitt selbst anschauen.

Arnold Smythe

Samstag

Ich habe den Tag damit verbracht, die Strände hier auf und ab zu gehen. Es ist genau so, wie ich dachte, es gibt Eigentümlichkeiten. Sandbänke, kleinere Inseln und die Form der Küstenlinie unterscheiden sich leicht von den Darstellungen in den Karten und auf den Luftaufnahmen. Was ist es nur, das die Regierung zu verbergen versucht?

Arnold

Sonntag

Seit gestern Abend parkt ein verdächtiger schwarzer Wagen vor dem Grundstück von Annie Butterworth. Ich vermute, sie haben mich gefunden. Ohne

Zweifel hat Annie Butterworth ihnen verraten, dass ich hier bin und dass ich ihr Fragen stellte. Ich habe vorhin in ihrem Garten einen Mann gesehen. Er trug einen Anzug und sprach in ein Headset-Mikrofon. Ich hörte ihn sagen, dass er es bald zu Ende bringen müsse. Als er sah, dass ich ihn beobachtete, duckte er sich hinter einen Busch.

Ich war gerade drüben bei Annie Butterworth und verlangte eine Erklärung von ihr, wer dieser Mann sei. Sie antwortete, das sei nur jemand, mit dem sie geschäftlich verkehre. Ich sagte ihr, dass sie mich nicht zum Narren halten könne und dass sie und ihr Freund sich täuschten, wenn sie glaubten, sie könnten mich im Schlaf meucheln. Kurz danach stieg der angebliche Geschäftsfreund in den schwarzen Wagen und fuhr davon.

Arnold

Montag

Heute Morgen hielt schon wieder ein Wagen vor dem Haus. Zwei Männer in Anzügen stiegen aus und klingelten bei Annie Butterworth. Ich denke, es ist höchste Zeit zu verschwinden.

Arnold

Meine Güte, Annie! Du scheinst wirklich die komischsten Vögel anzuziehen.

Sophia

Ach, Sophia, der war doch harmlos. Außerdem hat er vielleicht nicht unrecht.
Annie

Inwiefern?
Sophia

Was die Vertuschungsmanöver der Regierung betrifft, die geheimen Orte.
Annie

Der Mann ist eindeutig ein Spinner.
Sophia

Ist dir nie aufgefallen, dass die Strände hier nicht exakt mit den Karten übereinstimmen?
Annie

Fang du jetzt nicht auch noch an.
Sophia

Hehe! Na schön, der Kerl war ein bisschen durchgeknallt, okay, ziemlich durchgeknallt, aber ich wette trotzdem, dass es Dinge gibt, die die Regierung vor uns geheim hält.
Annie

Und was hältst du vor mir geheim? Wer war der Kerl, der am Samstag bei dir übernachtet hat?
Sophia

Niemand hat am Samstag bei mir übernachtet. Wie ich auch schon Arnold Smythe erklärt habe, war mein Besucher am Samstag – genau wie die anderen beiden Männer am Sonntag – ein Käufer, der sich für das Willow Cottage interessiert. Er hat in Chalk Hill eine Unterkunft für die Nacht gefunden, und er ließ seinen Wagen vor meinem Haus stehen und kehrte am Sonntagmorgen zurück, um unser Gespräch fortzuführen.
Annie

Ist es dir immer noch ernst damit?
Sophia

Du meinst, dass ich mal für eine Weile schauen will, was die Welt mir zu bieten hat? Ja. Aber du wirst immer ein Teil meines Lebens sein, ich könnte dich niemals vergessen. Ich werde mit dir in Verbindung bleiben, das weißt du, und möglichst oft zu Besuch kommen. Das hier ist mein Zuhause, du bist mein Zuhause, und daran wird sich nichts ändern, wenn ich an einem anderen Ort lebe.
Annie

13. bis 17. Oktober

Montag

Was hat es mit all diesen seltsamen Männern in deinem Haus auf sich?

Olly

Nun gut, Arnold Smythe war in der Tat ziemlich seltsam, aber an den anderen drei Besuchern war nichts seltsam, alles seriöse, professionelle Männer. Der, der am Samstag kam, ist richtig charmant. Na schön, er sieht auch blendend aus. Wir treffen uns regelmäßig. Das geht schon seit ein paar Wochen so.

Annie

Rein geschäftlich?

Olly

Natürlich!

Annie

Dienstag

Gut für dich. Ich freue mich für dich. Ich liebe das Lächeln, das du in letzter Zeit im Gesicht trägst.

Olly

Ich habe auch allen Grund zu lächeln.
Annie

Allen Grund?
Olly

Jede Menge Gründe.

Wie war dein romantisches Wochenende mit Vivienne?
Annie

Nicht gut. Wir machen seit ein, zwei Monaten eine schwierige Phase durch, wie du sicher in der Zeitung gelesen hast. Das Wochenende sollte eigentlich einer Wiederannäherung dienen, aber leider ist eher das Gegenteil passiert. Wir haben uns ununterbrochen gestritten. Es fällt mir schwer, mir in Erinnerung zu rufen, warum ich mich damals in Vivienne verliebt habe.

Außerdem habe ich eine andere kennengelernt.
Olly

Olly!
Annie

Ich habe nichts mit ihr angefangen, ich bin ja kein Vollarsch. Sie ist schön und witzig und … Na ja, ich habe Gefühle für sie entwickelt. Es erschien mir nicht fair gegenüber Vivienne, also musste ich ehrlich zu ihr sein. Ich habe ihr gesagt, dass ich denke,

wir sollten mit der Hochzeit noch warten. Ich meine, vielleicht ist es wirklich nur eine Phase, die irgendwann überstanden ist, und wir können in ein paar Jahren sogar darüber lachen, aber es kommt mir falsch vor, eine Hochzeit zu planen, wenn meine Gedanken um eine andere Frau kreisen. Du weißt, Vivienne und ich wollten eigentlich an Silvester heiraten, aber wir haben beschlossen, die ganze Sache vorerst auf Eis zu legen. Unsere Beziehung ist noch nicht beendet. Wir versuchen weiter, daran zu arbeiten, aber … Nun ja, wir werden sehen.
Olly

Und die andere Frau?
Annie

Ich versuche, ihr möglichst aus dem Weg zu gehen. Sie ist Amerikanerin, es ist also gut, dass ich für ein paar Monate hier bin.
Olly

Mittwoch

Donnerstag

Freitag
Hi.
Annie

Hallo.
Olly

Willst du immer noch nichts in das Gästebuch schreiben?
Annie

Mir fällt nichts ein.
Olly

Du bist Schriftsteller!
Annie

Was ich schreiben möchte und was ich schreiben darf, sind zwei völlig unterschiedliche Dinge.

Wie geht es dir?
Olly

Ich habe Schmerzen. Mir tut jeder Muskel weh.
Annie

Wie das?
Olly

Öh … neues Trainingsprogramm. Ich ziehe es seit letzter Woche jeden Tag eisern durch. Es ist anstrengend, aber man fühlt sich danach auf eine angenehme Art erschöpft, wie immer nach dem Sport. Man weiß, letzten Endes hat man sich damit etwas Gutes getan.
Annie

Du brauchst nicht abzunehmen, Annie. Vielleicht solltest du eine Weile lang mit dem Training pausieren.
Olly

NEIN! Nein, es macht Spaß, ich liebe es. Außerdem trainiere ich nicht, um Gewicht zu verlieren, sondern um, äh … nur um fitter zu werden.
Annie

Du willst deine Kondition verbessern? Das kann sicher nicht schaden. Ruh dich einfach dieses Wochenende aus und starte nächste Woche wieder durch.
Olly

Gute Idee. Obwohl ich das Training vermissen werde am Wochenende, es macht richtig süchtig.
Annie

Wir sehen uns dann am Montag.
Halte dich von seltsamen Männern fern.
Olly

Was ist mit schönen Männern?
Annie

Die sind erlaubt.

Na ja, das heißt, der eine, der am Samstag da war, ist erlaubt, der, der dich zum Lächeln bringt, aber nicht eine ganze Serie von schönen Männern.
Olly

Nur der eine, versprochen.
Annie

17. bis 20. Oktober

Samstag
Hallo, Annie. Danke für die Käferausrüstung, die Mädchen werden viel Spaß damit haben, Käfer einzufangen und unter das Mikroskop zu legen. Emily möchte sich außerdem für die Schokolinsen bedanken, die Sie für uns bereitgestellt haben, allerdings habe ich den Mädchen gesagt, dass sie sie erst am Samstag anrühren dürfen, wenn wir unseren Filmabend machen.

Ich möchte mich für die Karte bedanken, die Sie mir letztes Jahr geschickt haben. Es tut mir leid, dass ich Ihnen nicht geantwortet habe, es fiel mir in jener Zeit schon schwer genug, morgens aus dem Bett zu kommen. Die Mädchen waren das Einzige, was mich weitermachen ließ.

Auf jeder Karte stand das Gleiche: Wie leid es den Leuten tat, und dass ich es nur zu sagen brauchte, wenn sie etwas für mich tun könnten. Niemand verstand, dass mein Herz tatsächlich stehen geblieben war. Außer Sie, Annie, Sie haben es verstanden. Sie kennen das aus eigener Erfahrung. Ihre Karte hat mir so viel bedeutet.

Sie hatten es in mancher Hinsicht wahrscheinlich schwerer als ich. Durch die Mädchen hatte ich einen Grund, morgens aufzustehen, ich musste mich für sie zusammenreißen. Sie waren noch zu jung, um richtig zu trauern, und so kam ich eigentlich gar nicht dazu, selbst zu trauern. Das Eiskunstlauftraining, die Reitstunden und die Tanzkurse gingen ganz normal weiter. Ich konnte nicht liegen bleiben und in Selbstmitleid baden, dafür war keine Zeit. Sie dagegen, Annie, hatten niemanden, für den Sie weiterleben mussten. Wie Sie es geschafft haben, sich trotzdem aufzuraffen und weiterzumachen, bleibt für mich ein Rätsel. Ich bewundere Sie total dafür.

Matt

Ich denke, Sie hat es schlimmer getroffen, Matt. Sie mussten Ihren Kindern erklären, dass ihre Mami nie wieder nach Hause kommen wird – ich weiß beim besten Willen nicht, wie Sie dieses Gespräch überhaupt begonnen haben. Und Sie machen Ihre Sache als Vater ganz wunderbar, Sie haben zwei so höfliche, glückliche, freundliche und hübsche Mädchen. Cara wäre unheimlich stolz auf Sie. So viele Familien zerbrechen nach einem Todesfall, und ich finde es wirklich großartig, wie Sie ganz allein Ihre Familie zusammenhalten.

Außerdem war ich nach Nicks Tod nicht allein, ich bekam sehr viel Unterstützung von Freunden. Mein bester Freund war der Grund, dass ich morgens aufstand. Er gab mir etwas, für das es sich zu leben lohnte.

Annie

Hallo, Annie, danke für die Schokolinsen. Das Käfer-Mikroskop ist voll cool. Irgendwie komisch, wieder hier zu sein, bei unserem letzten Besuch waren wir noch eine richtige Familie. Daddy hat uns gefragt, ob wir wieder hierherkommen wollen oder ob das zu viele traurige Erinnerungen wecken würde. Aber wir hatten hier beim letzten Mal viel Spaß, und Mia und ich dachten, wir könnten hier vielleicht wieder etwas Spaß haben. Daddy ist sehr traurig, seit Mami tot ist. Er strengt sich sehr an, es nicht zu zeigen, aber ich kann es in seinen Augen lesen.

Dafür siehst du glücklicher aus als beim letzten Mal, Annie. Du kuckst nicht mehr so traurig, und du lächelst oft. Ich würde gerne wissen, ob Daddy auch jemals wieder glücklich sein wird.

Emily

Hallo, Emily, es ist schön, dass ihr wieder da seid.

Das erste Jahr ist immer das schwierigste. Danach wird es etwas einfacher. Dein Dad liebt deine Mami immer noch, und er vermisst sie weiterhin jeden Tag, aber er wird anfangen, wieder öfter zu lächeln, und eines Tages wird das Lächeln auch seine Augen erreichen. Er hat ein unheimliches Glück, dass er zwei so tolle Mädchen hat wie euch. Ich weiß, ihr werdet ihn mit eurer Liebe und euren Umarmungen weiterhin zum Lächeln bringen und ihn stärker machen.

Wenn ihr Lust habt, könnt ihr beide gern rüberkommen und mit meinem neuen Hund spielen. Er heißt Flitzer, und er ist noch ganz klein, und ich versuche gerade, ihn zu dressieren, aber es klappt noch nicht so gut. Vielleicht könnt ihr mir helfen.

Annie

Danke, dass wir heute mit deinem Hund spielen durften. Flitzer ist voll süß, er hat selbst Daddy kurz zum Lächeln gebracht.

Emily

SAMSTAG

Zeit für einen Familienausflug an den Strand.

Wir hatten heute einen tollen Tag am Strand. Wir haben Sandburgen gebaut, Eis gegessen und im Wasser gespielt. Die Mädchen haben mir gezeigt, wie man mit einem Bodyboard surft. Ich vergesse manchmal, wie viel Spaß wir zusammen haben, und ich muss mir bewusst machen, dass sie das brauchen. Ich bin so froh, dass wir hergekommen sind. Tatsächlich hat unser Aufenthalt eine kathartische Wirkung. Wir haben uns heute über Cara unterhalten und über die glücklichen Erinnerungen, die wir mit diesem Ort hier verbinden. Wir müssen uns auch solche Dinge ins Gedächtnis rufen, statt uns nur darauf zu konzentrieren, wie sehr wir Cara vermissen.

Gleich startet unser Filmabend. *Findet Nemo, Der König der Löwen* und *Harry Potter und der Feuerkelch.* Wir teilen uns eine große Schüssel Popcorn und eine Decke und machen es uns gemeinsam auf der Couch bequem.

Matt

Und Tsokolinsen.

Mia xxxxxxxx

Die Mädchen liegen nun im Bett nach unserem Filmmarathon. Ich habe das Gefühl, wieder atmen zu können. Ich glaube, ich halte seit einem Jahr die Luft an und kann sie jetzt endlich rauslassen. Zum ersten Mal hat der Schmerz in meiner Brust leicht nachgelassen. Die Mädchen tragen dazu bei, mit ihrer kontinuierlichen Liebe und Unterstützung. Und auch Annie hat ihren Anteil daran. Sie ist so freundlich, so hilfsbereit. Wenn ich mit ihr rede, hört sie mir wirklich zu. Ich denke, es ist genauso wichtig, dieses Wochenende intensiv für mich zu nutzen, wie den Mädchen meine Aufmerksamkeit zu widmen.

Matt

Sonntag

Heute Morgen haben wir einen Ausflug zu den Robben gemacht. Die Mädchen und Cara fanden die

Tour schon bei unserem letzten Besuch toll, und die Begeisterung der Mädchen hat nicht nachgelassen. Danach sind wir an den Strand gegangen und haben im feuchten Sand Sandengel gemacht. Cara liebte das früher sehr. Mia sagte, dass Mami im Himmel uns bestimmt gerade zuschauen und lächeln würde. Falls es einen Himmel gibt, dann hat sie das garantiert getan.

Die Mädchen sind jetzt im Bett. Das Wochenende hier hat ihnen unheimlich gutgetan. Es hat uns allen gutgetan. Ich denke, wir werden das wiederholen, aber wir werden nicht wieder ein ganzes Jahr warten. Vielleicht können wir in Zukunft regelmäßiger kommen.

Ich gönne mir gerade ein Glas Wein. Ich habe seit Caras Tod nichts mehr getrunken, ich wollte nicht in die Falle tappen, den Schmerz mit Alkohol zu betäuben. Die Mädchen brauchen mich und nicht einen depressiven Kummertrinker.

Annie ist draußen in ihrem Garten und genießt auch einen Wein. Ich werde sie auf ein gemeinsames Glas einladen. Es hat etwas ziemlich Trauriges, alleine zu trinken.

Matt

Montag

Annie, es tut mir so leid wegen gestern Abend. Offenbar vertrage ich keinen Alkohol mehr, wenn ich schon nach zwei Gläsern voll bin. Es tut mir leid, dass ich Sie geküsst habe. Sie waren einfach so süß, und Sie sind die Einzige, die wirklich begreift, was ich gerade durchmache. Ich dachte wohl, keine Ahnung, dass wir uns vielleicht gegenseitig helfen könnten. Ich glaube, ich war einfach ein bisschen anlehnungsbedürftig. Ich hoffe, das hat keine Auswirkungen auf unsere Freundschaft.

Matt

Daddy! Du hast Annie geküsst? Wirst du sie jetzt heiraten? Annie ist toll, aber ich bin mir nicht sicher, ob ich schon eine neue Mami haben möchte.

Emily

Nein, mein Schatz, ich werde Annie nicht heiraten. Ich war gestern Abend nur ein bisschen traurig und habe bei Annie Trost gesucht. Wir müssen uns vernünftig darüber unterhalten.

Matt

Matt, ich war kurz da, um zu schauen, wie es Ihnen geht nach gestern Abend. Bitte machen Sie sich keine Gedanken wegen des Kusses. An unserer Freundschaft ändert sich nichts.

Sie sind ein wunderbarer, attraktiver, guter und freundlicher Mann. Wie Sie mit den Mädchen umgehen, ist einfach fantastisch. Unter normalen Umständen hätte ich Ihren Kuss sicher erwidert.

Aber ich bin praktisch wieder mit jemandem zusammen, und obwohl es noch recht früh ist, glaube ich wirklich, dass dies der Mensch ist, mit dem ich den Rest meines Lebens verbringen möchte. Er hat ein großes Lächeln in mein Gesicht gezaubert, eins, das seit über zwei Jahren nicht mehr da war. Ich liebe ihn. Es tut mir leid, Matt. Ich hoffe, Sie werden eines Tages die richtige Frau treffen, die auch Ihnen wieder ein Lächeln ins Gesicht zaubert.

Emily, dein Daddy hat dir bestimmt schon erklärt, dass wir nur Freunde sind, und Freunde nehmen sich manchmal in den Arm oder geben sich einen Kuss. Ich schwöre dir, dass wir nicht vorhaben zu heiraten. Aber eines Tages wird dein Daddy vielleicht eine neue Frau kennenlernen, die er lieben kann, eine Frau, die er heiraten kann. Ich hoffe, du kannst sie auch lieben, denn sie muss eine ganz besondere Person sein, um einen so reizenden Mann wie deinen Daddy zu verdienen.

Annie

Danke, Annie. Ich wünsche Ihnen alles Gute mit Ihrem neuen Freund.

Matt

Danke, Annie. Wir sehen uns bald wieder, und Flitzer auch.

Emily

Ich habe Fliza lieb xxxxxxxxxxxxxxxxxxx

Mia

20. bis 24. Oktober

Montag

Was ist das? Ich bin gerade einmal ein Wochenende weg, und schon küsst du einen anderen Mann. Was ist mit dem schönen Mann, mit dem du »praktisch« zusammen bist? Was wird er wohl dazu sagen?

Olly

Ich hoffe, dass er erwachsen genug ist, um zu erkennen, dass nicht ich Matt geküsst habe, sondern er mich. Das ist ein gewaltiger Unterschied. Und ich hoffe, dass er sich im Gegensatz zu dir nicht vollkommen kindisch aufführt. Matt hat seine Frau verloren, und ich weiß nicht, ob du dich noch erinnerst, wie es sich anfühlt – dieser Schmerz, einen geliebten Menschen zu verlieren. Ich schon. Ich weiß, dass ich nach Nicks Tod einfach gehalten, liebkost, gestreichelt werden wollte, denn wenn ich das alles spüren konnte, hatte ich die Gewissheit, noch am Leben zu sein. Ich wusste, wenn es jemanden auf dieser Welt gab, dem so viel an mir lag, dass er mich sechs Monate lang in seinen Armen hielt, dann hatte ich tatsächlich einen Grund, für den es sich zu leben lohnte. Matt hat das nicht. Er hat seine Mädchen, aber das ist nicht dasselbe. Außerdem, wenn du dir die Mühe machst, die nachfolgenden Einträge zu lesen, wirst du sehen, dass ich Matts

Kuss nicht erwiderte, weil ich den Mann liebe, mit dem ich »praktisch« zusammen bin.
Annie

Tut mir leid, ich wollte nicht … Tut mir leid. X
Olly

Entschuldigung angenommen. Gut, falls du nun mit Schmollen fertig bist, ich habe in meinem Schlafzimmer ein Problem, bei dem du mir vielleicht behilflich sein könntest.
Annie

Okay, okay, ich komme …
Olly

Dienstag

In letzter Zeit läuft es richtig gut. Mehr als gut. Der Höhepunkt meines Lebens.
Olly

Dann verstehst du dich wieder besser mit Vivienne?
Annie

Nein, das läuft leider gar nicht gut.
Olly

Dann meinst du die Verkaufszahlen deines neuen Romans? Ich habe gesehen, dass *Verschleiert in*

Dunkelheit hervorragende Kritiken erhalten hat. Du musst wirklich sehr zufrieden sein.
Annie

Ja, ich bin zufrieden. Und ja, natürlich meine ich den Roman.

Hör auf, mich anzugrinsen, oder ich werde dir etwas geben, was dir das Grinsen vergehen lässt.
Olly

Ich kann nicht anders, du bringst mich zum Lachen.
Annie

Wie läuft es denn mit deinem neuen Freund? Ich habe ihn immer noch nicht kennengelernt. Anscheinend hält er sich fern von dir, wenn ich da bin. Hat er Angst vor mir?
Olly

Es läuft gut. Er hat nur gerade viel zu tun.
Annie

Was macht er eigentlich so?
Olly

Fang jetzt nicht damit an.
Annie

Es interessiert mich.
Olly

Er ist mein Personal Trainer.
Annie

Ach, dann ist er derjenige, der dir die ganzen Schmerzen bereitet, der dich im Training so hart rannimmt?
Olly

Genau, er bringt mich ganz schön ins Schwitzen.
Annie

Pah, ich wünschte, ich hätte nicht gefragt.
Olly

Mittwoch
Ich habe Annie heute Morgen mit einem sehr durchtrainierten Mann gesehen. Er sah aus, als würde er viel Sport treiben. Ich frage mich, ob das Annies neuer geheimnisvoller Freund war.
Olly

Das war Barney, nicht so sehr mein neuer Freund, sondern mein alter.
Annie

Der sah aber nicht sehr alt aus. Vielmehr sah er sehr, sehr gut aus.
Olly

Barney? Ja, Barney ist sehr gut aussehend. Aber der Mann, mit dem ich jetzt zusammen bin, sieht noch viel besser aus.
Annie

Noch besser als Barney? Grundgütiger, dieser Mann muss ein Gott sein!
Olly

Ja, manche behaupten das.
Annie

Gefällt mir, da hast du einen guten Fang gemacht.
Olly

Und im Bett ist mein neuer Freund fantastisch. Ich bezweifle, dass Barney da mithalten könnte.
Annie

Das klingt, als wärst du mit deinem Freund nur zusammen wegen seines Körpers und dem Sex. Zu einer Beziehung gehört mehr als das.
Olly

Du hast recht. Vielleicht spreche ich ihn darauf an, wenn ich ihn das nächste Mal sehe. Einen Monat lang keinen Sex mehr, um zu sehen, ob wir auch in anderen Bereichen zusammenpassen.
Annie

Ich finde das ein bisschen voreilig.
Olly

Nein, das ist eine wunderbare Idee. Ich werde zwar den Sex sicher vermissen, aber wenn das mit uns funktionieren soll, müssen wir wissen, ob wir miteinander reden und Zeit verbringen können, ohne dass es immer nur um das Körperliche geht. Danke, Olly.

Warum machst du so ein finsteres Gesicht?
Annie

Donnerstag

Nach unserem Gespräch gestern hat sich meine Stimmung ein wenig gebessert.
Olly

Darauf wette ich.
Annie

Wenn Hetty am Wochenende kommt, zum Geburtstag meines Vaters, kann ich dann in deinem Gästezimmer schlafen? Ich bezahle auch dafür, wenn du möchtest.
Olly

Du bist herzlich bei mir willkommen, und du kannst dich gern auf andere Weise revanchieren. Ich habe

jede Menge kleinere Arbeiten rund ums Haus, die erledigt werden müssen. Zum Beispiel der Tisch im Esszimmer und auch die Dusche. Die Holzdielen vor dem Kamin wackeln ein bisschen, und ich habe immer noch dieses eine Problem im Schlafzimmer. Und die Treppe, du solltest dir auch mal die Treppe anschauen.
Annie

Die Treppe? Ernsthaft?
Olly

Ja!
Annie

24. bis 27. Oktober

Freitag
Ich freue mich schon auf Williams Geburtstag. Die Feier wird nicht so groß sein wie meine, schließlich ist William, verglichen mit mir, noch ein Baby. Also keine Riesenparty, sondern einfach ein Festessen mit den engsten Verwandten und Freunden.
LG, Hetty

William ist nur zwei Jahre jünger als du, er ist also wohl kaum ein Toyboy.

Bist du aufgeregt vor dem Wiedersehen mit ihm?
LG, Annie

Wir reden hier von William, einem meiner ältesten und liebsten Freunde. Ich würde nicht sagen, dass ich aufgeregt bin.
Hetty

Wirklich? Als er dir bei deinem letzten Besuch gesagt hat, dass er dich gern hat, schienst du ganz schön aufgeregt zu sein.
Annie

Also gut, ich bin aufgeregt, ein bisschen. Aber William wird mich kaum packen und mich küssen, er gehört einfach nicht zu der zupackenden Sorte. Wir werden beide allmählich alt, ich kann nicht weitere zwanzig Jahre warten, bis er etwas unternimmt.
Hetty

Du kannst ihn dir doch schnappen.
Olly

Ach, Olly, im Grunde meines Herzens bin ich ein altmodisches Mädchen. Frauen gefällt es, sich geliebt zu fühlen, umworben zu werden. William müsste mich so sehr lieben, dass er für mich über glühende Kohlen gehen würde, statt dass er nur mit den Achseln zuckt und denkt, wir sind beide Single

und verstehen uns gut, da können wir genauso gut ein Paar sein.
Hetty

William liebt dich wirklich, Hetty. Aber du hast recht, er gehört nicht zu der zupackenden Sorte.
Olly

Wie der Vater, so der Sohn, was? Wann wirst du dir endlich Annie schnappen und diesen Unsinn vergessen, dass du Nick betrügst?
Hetty

Ähm … Annie und ich sind nur Freunde. Sie ist in ihren neuen Freund verliebt, und ich bin mit Vivienne zusammen.
Olly

Blödsinn. Ihr zwei gehört zusammen.
Hetty

Hetty, ich kann dir nicht viel über meinen neuen Freund erzählen, zumindest jetzt noch nicht, obwohl ich das gerne tun würde, aber ich liebe ihn, und oh Mann, ich sage dir, der kann vielleicht zupacken und mir zeigen, wie sehr er mich liebt. Du solltest auch auf so etwas bestehen. Entscheide dich nicht für William, wenn dein Herz dir etwas anderes sagt.
Annie

Hey! William ist immerhin mein Vater.
Olly

Ich habe William von ganzem Herzen gern, aber man sollte nie Abstriche machen. Das Leben ist zu kurz, um es mit jemandem zu vergeuden, den man nicht liebt. Genau wie du und ich werden Hetty und William immer Freunde sein, daran wird sich nichts ändern, aber wahre Liebe begegnet einem nicht sehr oft. Und wenn sie dann des Weges kommt, will man sie sicher nicht verpassen, weil man zu beschäftigt ist mit der Person, mit der man sich begnügt hat.
Annie

Ich würde mich nicht um jeden Preis mit William begnügen. Ich liebe ihn, wirklich, aber um mit ihm eine Beziehung einzugehen, muss ich wissen, dass er dasselbe empfindet.
Hetty

Du liebst ihn?
Annie

Oh, halt die Klappe.
Hetty

Annie, war das ein Seitenhieb auf mich?
Olly

Warum sollte das ein Seitenhieb auf dich sein?
Annie

Wegen uns?
Olly

Nein. Es gibt kein »uns«. Ich habe einen Freund, den ich sehr liebe, und du hast Vivienne. Und du hast noch diese andere Frau, die in Amerika lebt.
Annie

Oh, welch wirres Netz wir weben.
Olly

Du bist Schriftsteller. Du solltest eigentlich Übung darin haben, nicht den Überblick über all die Irrungen und Wirrungen der Handlung zu verlieren.
Annie

Mein Leben scheint momentan wesentlich komplizierter zu sein. Ich bin mir nicht sicher, was ich sagen darf und was nicht.
Olly

Dann sag nichts und hilf mir bei meinem Problem.
Annie

Das im Schlafzimmer wieder.
Olly

Von mir aus.
Annie

Annie!
Olly

Habe ich etwas verpasst?
Hetty

Samstag
Ich werde jetzt mit Sophia einen langen Spaziergang am Strand machen. Wir werden nicht, ich wiederhole: *nicht,* über William reden.
Hetty

Doch, verdammt, das werden wir wohl.
Sophia

Ich mache mich gleich auf den Weg zu Williams Geburtstag. Ich habe mich dreimal umgezogen. Ich weiß nicht, warum ich so nervös bin, ich bin mir sicher, es wird nichts passieren. Wir werden alle gut essen und plaudern, und vielleicht wird hinterher auch ein bisschen getanzt. William wird mich vielleicht sehnsüchtig anschauen, aber weiter wird er nicht gehen. Warum habe ich also Schmetterlinge im Bauch?
Hetty

Sonntag

Ich, äh … ich bin mir nicht ganz sicher, was ich schreiben soll. Ich schätze, ich sollte ehrlich sein und erwähnen, dass die Wände zwischen dem Haus und dem Cottage sehr dünn sind. Ich vermute anhand der Geräusche, die ich letzte Nacht drüben bei dir gehört habe, dass William nicht nur zugepackt und dir seine Liebe erklärt hat, sondern dass er dich gleich mehrmals gepackt hat.

Ich freue mich ja so für dich, auch wenn es mir ein bisschen peinlich ist, aber ich freue mich wirklich sehr.

Annie

Die Wände hier sind wirklich sehr dünn, nicht wahr? Es tat mir so leid für Olly, dass er in deinem Gästezimmer lag und mit anhören musste, wie es zwischen dir und deinem neuen Freund richtig zur Sache ging. Ich weiß, du versuchst, Olly etwas zu beweisen, wahrscheinlich willst du ihn eifersüchtig machen, aber überleg mal, wie sehr du ihn verletzt, wenn du so weitermachst. Ganz ehrlich, ich hätte mehr von dir erwartet als das.

Und ja, William hat mir letzte Nacht seine Liebe erklärt. Ich habe ihm gesagt, dass ich um die Welt reisen möchte, und er hat sich sofort bereit erklärt mitzukommen. Es hat sich herausgestellt, dass er mich letzten Endes doch mehr liebt als seine Kühe.

Hetty

Hetty, ich freue mich für Annie, dass sie sich wieder verliebt hat, wirklich. Nichts hat mich in den letzten paar Wochen glücklicher gemacht, als Annie mit einem breiten Lächeln im Gesicht herumlaufen zu sehen. Und nachdem ich letzte Nacht unfreiwillig meinen Vater in höchster Leidenschaft hörte, habe ich mir Ohropax in die Ohren gesteckt, sodass ich von Annie und ihrem neuen Freund überhaupt nichts mitbekommen habe. Ich freue mich auch für dich, Hetty, ihr habt es beide verdient.

Ich werde heute Abend für ein paar Tage nach New York fliegen, um einige geschäftliche Dinge zu erledigen. Ich schätze, du wirst schon weg sein, wenn ich zurückkomme. Obwohl ich davon ausgehe, dass wir uns bald wiedersehen werden. Du und Dad, ihr plant doch nicht, noch in diesem Jahr auf große Reise zu gehen, oder?

Olly

Zuerst gibt es hier noch einiges zu organisieren, nicht zuletzt unsere Hochzeit, darum werden wir wahrscheinlich nicht vor März oder April verschwinden.

Hetty

Gut. Annie hat dir etwas Wichtiges mitzuteilen, aber ich denke, sie wird damit noch ein paar Wochen warten müssen, bis alles fix ist.

Olly

NOVEMBER 2014

1. bis 8. November

Samstag

Ich gehe nicht zurück. Niemand kann mich dazu zwingen.

Ich habe die Nummer für das Cottage in den Sachen meines Mannes gefunden. Ich wollte anrufen, um herauszufinden, was mein Mann dort tat. Aber dann ging alles schief, und als ich flüchtete, war dies die einzige Nummer, die ich bei mir hatte.

Ich habe die Einträge meines Mannes in diesem Buch hier gelesen. Er versteckt sich zwar hinter dem Pseudonym Mr. Jones, aber seine Handschrift ist unverwechselbar. Ich kann nicht glauben, dass er mit dieser Hure hierhergefahren ist. Mit mir ist er nie irgendwohin gefahren.

Würg! Mir wird schlecht bei der Vorstellung, dass er sie auf dem Esstisch gefickt hat, in der Dusche, im Bett.

Es war ein Fehler hierherzukommen.

Aber ich kann nicht zurück. Ich kann nie wieder zurück.

Anthony hatte einen Plan, das hat er in dieses Buch geschrieben. Und ich bin voll darauf reingefallen. Sein bester Freund Ryan war in den Plan involviert.

Ich war monatelang so traurig. Anthony war garstig und abfällig zu mir, und er attackierte mich ständig, verbal, nicht körperlich, obwohl er mich genauso gut hätte schlagen können für das Leid, das er verursachte. Ich kann mich nicht erinnern, wann wir das letzte Mal miteinander geschlafen haben. Er blieb abends lange im Büro, verreiste an den Wochenenden geschäftlich. Natürlich wusste ich, dass er eine Affäre hatte, ich konnte es nur nicht beweisen. Je mehr er sich zurückzog und je öfter er mir vorwarf, ich sei fett und hässlich, umso depressiver wurde ich.

Ryan schien mein Retter in der Not zu sein. Er kam öfter vorbei, zuerst unter dem Vorwand, Anthony zu besuchen, während dieser nicht zu Hause war. Ryan blieb dann trotzdem, und wir plauderten. Später kam er, wenn er sicher wusste, dass Anthony weg war. Wir unterhielten uns stundenlang, und er gab mir wieder das Gefühl, schön zu sein. Ich hatte etwas, für das es sich zu leben lohnte. Aber Ryan hat mir die ganze Zeit nur etwas vorgespielt.

Wir schliefen miteinander. Gott, ich habe mich verzweifelt danach gesehnt, berührt zu werden, wieder geliebt zu werden. Ich konnte ja nicht ahnen, dass Ryan alles auf Video aufgenommen hatte, dass er gebeten worden war, sich an mich heranzumachen, damit Anthony einen Scheidungsgrund hatte.

Ihr hättet Anthonys süffisante Miene sehen sollen, als er mir die Scheidungspapiere hinlegte. Er dachte, er hätte gewonnen.

Ihm sollte das Lächeln rasch vergehen. Für immer.

Jessica Axe

Hi, Jessica. Ich wollte nur kurz schauen, ob alles okay ist. Sie sind so kurzfristig angereist, und Sie klangen sehr gestresst, als wir vor ein paar Stunden miteinander telefoniert haben.

Annie Butterworth

Es geht mir gut. Tatsächlich fühle ich mich überhaupt nicht gestresst.

Ich fühle mich frei.

Jessica

Gut. Wenn Sie etwas brauchen, geben Sie mir einfach Bescheid. Auch wenn Sie nur jemanden zum Reden brauchen.

Annie

Sonntag

Mist. Mein Foto ist in den Nachrichten. Noch wird nicht darüber berichtet, was passiert ist, nur dass ich vermisst werde und dass man sich Sorgen um mich macht. Klar, ich hätte am Freitag und am Samstag arbeiten müssen, und ich habe mich noch nie krankgemeldet, geschweige denn, dass ich einfach nicht zur Arbeit erschienen wäre. Ich wette, es war diese neugierige Kuh aus der Personalabteilung, diese Brenda, die die Polizei verständigt hat.

Ich frage mich, ob sie schon Bescheid wissen.

Nun, da die Polizei involviert ist, wird es nicht mehr lange dauern, bis sie es herausfinden.

Jessica

Jessica, ich habe gerade die Nachrichten gesehen. Ist alles in Ordnung bei Ihnen?

Annie

Es ist alles okay. Es gibt da etwas, das nennt sich Diskretion gegenüber Gästen. Sie dürfen niemandem Auskunft erteilen, wer in Ihrem Gästehaus wohnt. Ich erwarte von Ihnen Verschwiegenheit.

Jessica

Natürlich, aber wenn man sich Sorgen um Sie macht und die Polizei nach Ihnen sucht, wäre es dann nicht besser, Bescheid zu geben, dass Sie in Sicherheit sind? Je länger Sie damit warten, umso eher werden Ihre Angehörigen und Ihre Freunde das Schlimmste befürchten. Niemand sollte unnötig dieser Ungewissheit ausgesetzt sein. Sie brauchen ja nicht zu sagen, wo Sie sind, nur dass es Ihnen gut geht und

man nicht länger nach Ihnen zu suchen braucht. Wenn Sie möchten, kann ich die Polizei anrufen.
Annie

Nein!
Jessica

Ich werde ihnen nichts sagen, nur dass Sie in Sicherheit sind.

Wenn es Ihnen lieber ist, dass ich das nicht tue, dann lasse ich es sein. Ich weiß nicht genau, wovor Sie davongelaufen sind, aber hier sind Sie sicher. Sie können mir vertrauen.
Annie

Wider besseres Wissen habe ich eingewilligt, dass Annie die Polizei darüber informiert, dass ich in Sicherheit bin. Vielleicht nimmt das ein wenig Druck von mir.

Zumindest für eine kleine Weile.

Ich werde allerdings daneben sitzen, wenn Annie diesen Anruf macht, um sicherzugehen, dass sie der Polizei keine Hinweise auf meinen Aufenthaltsort gibt.
Jessica

Die Polizei wollte mit mir persönlich sprechen, als Beweis dafür, dass Annie die Wahrheit sagte, aber ich habe das abgelehnt. Annie weigerte sich, unseren Standort zu nennen, und wiederholte immer nur, dass ich in Sicherheit sei. Es hat den Anschein, als könnte ich ihr vertrauen. Zumindest vorerst.

Ich habe Annie erklärt, dass sie für ein Weilchen bei mir im Cottage bleiben müsse, um zu verhindern, dass sie rüber in ihr Haus läuft und wieder die Polizei anruft, um dieser meinen Aufenthaltsort zu verraten. Annie hat mir zwar versichert, dass sie das nicht tun würde, aber mir ist trotzdem wohler, wenn sie hierbleibt. Sie scheint es ziemlich locker zu nehmen, sie meinte nur, sie würde kurz das andere Bett für sich herrichten.

Ich habe ihr Handy konfisziert.

Jessica

Montag

Annie hat die ganze Nacht friedlich geschlummert. Ich dagegen habe kein Auge zugetan. Ich habe Annie im Schlaf beobachtet, weil ich davon überzeugt bin, dass sie, kaum kehre ich ihr den Rücken zu, sich heimlich nach draußen schleichen und versuchen wird, jemanden im Dorf zu verständigen.

Ich darf nicht zulassen, dass sie mich finden.

In den Nachrichten läuft immer noch die Vermisstenmeldung, als hätte Annie gestern nicht mit der Polizei gesprochen. Diese bittet nun dringend darum, dass ich mich melde beziehungsweise jeder, der Angaben zu meinem Aufenthaltsort machen kann.

Ich habe so eine Panik davor, dass Annie mich verrät, dass ich sie an einen Stuhl gefesselt habe. Sie hat sich ziemlich heftig gewehrt, sie hat erstaunlich viel Kraft für so eine kleine Person. Ich musste sie k.o. schlagen, um sie zu fesseln.

Sie ist nun schon seit einer Weile bewusstlos, ich hoffe, sie ist okay.

Annie ist endlich wieder zu sich gekommen. Sie war nicht glücklich darüber, gefesselt zu sein. Sie fing von der Polizei an, also habe ich sie geknebelt. Ich benötige Ruhe, um nachzudenken, da kann ich es nicht brauchen, dass Annie mir die Ohren vollquasselt.

In den Nachrichten bringen sie immer noch nichts über den Mord. Ich frage mich, ob Anthonys Leiche bereits gefunden wurde.

Ich hätte sie verstecken sollen, sie irgendwie entsorgen. Aber ich konnte wohl kaum unser kleines Backsteinhaus in unserer kleinen Backsteinsiedlung mit einer Leiche unter dem Arm verlassen, vorbei an all den Frauen von Stepford, die über ihren Gartenzaun hinweg dummes Zeug schnattern.

Natürlich wollte ich Anthony nicht umbringen, das war nicht meine Absicht. Ich wollte ihm nur Schmerzen zufügen, so wie er mir Schmerzen zugefügt hatte. Aber da war so viel Blut. Ich habe einfach Panik bekommen und bin weggelaufen.

Es gibt eine interessante Entwicklung. Oliver Black ist vor Annies Haus aufgetaucht. Er klopfte mehrmals an ihre Tür und ging dann um das Haus in den Garten, wo er nun von außen durch Annies Fenster späht.

Ich mochte Oliver Black noch nie besonders. Früher war er jede Woche mit einer anderen Frau in den Illustrierten abgebildet. Die Regenbogenpresse liebt ihn. Was ist aus Werten wie Loyalität und Treue geworden? Das waren früher einmal geschätzte Tugenden. Warum die Klatschblätter Black einen Gottähnlichen Status dafür verleihen, dass er eine männliche Schlampe ist, kann ich mir echt nicht erklären.

Black ist mittlerweile in einer festen Beziehung mit Vivienne Lake, seit ungefähr zwei Jahren. Obwohl, wenn ich mich recht erinnere, wurde ihm von der Presse mehrfach ein Techtelmechtel mit seiner Schwägerin unterstellt, aber die arme Vivienne nimmt ihn immer wieder zurück.

Black hat eine SMS an Annies Handy geschickt. Er will wissen, wo sie steckt. Offenbar kennen die beiden sich.

Ich habe gerade in diesem Gästebuch geblättert, und es hat den Anschein, als würden die beiden sich sogar sehr gut kennen. Hure.

Er hat ihr wieder gesimst. Sie soll rasch nach Hause kommen, weil er sie auf dem Esstisch nehmen möchte.

Würg! Drei weitere Nachrichten von Black, in denen er Annie mitteilt, was er gerne mit ihr anstellen würde, jede einzelne davon vulgärer als die nächste.

Dieser Bastard! Die arme Vivienne sieht neuerdings immer so traurig aus, während er sie die ganze Zeit betrügt und es hinter ihrem Rücken mit Annie Butterworth treibt.

Ich habe Black gerade zurückgeschrieben, dass er ein »rückgratloser Wichser mit einem winzigen Pimmel« ist.

Er rief prompt auf Annies Handy an, aber ich bin natürlich nicht drangegangen. Allerdings glaube ich, dass er das Klingeln hier drinnen gehört hat, weil er jetzt durch das Küchenfenster hereinspäht. Zum Glück hat das Cottage dichte Gardinen. Er kann nicht sehen, dass Annie an einen Stuhl gefesselt ist.

Annie ist also nicht besser als diese verdammte Hure Rachel, mit der Anthony sich vergnügt hat. Die andere Frau.

Ich habe oft über Rachel nachgedacht und mich gefragt, ob sie von mir wusste oder ob Anthony ihr auch etwas vorgespielt hat. Aber es waren so viele Treffen am späten Abend und heimliche Stelldicheins, dass ich annahm, sie musste ahnen, dass er verheiratet war. Ich dachte auch darüber nach, was für eine Art von Frau mit dem Mann einer anderen schläft. Was für ein Miststück tut so etwas?

Und nun habe ich so ein Miststück in der Küche gefesselt.

Oh, Rache schmeckt wahrlich süß.

Für all die Frauen, denen ein Unrecht getan wurde, kann ich endlich Gerechtigkeit üben.

Scheiße. Die Polizei ist da. Ich bin mir nicht sicher, ob Oliver sie gerufen hat oder ob Annies Anruf gestern Abend zurückverfolgt wurde. Ich hätte Annie niemals telefonieren lassen dürfen. Ich würde es ihr zutrauen, dass sie der Polizei irgendwie mitgeteilt hat, wo ich bin.

Oliver spricht nun mit den Polizisten, nachdem sie ihn gerade daran gehindert haben, in das Cottage zu stürmen.

Was soll ich tun?

Ich gehe nicht zurück. Nie wieder.

Draußen rückt gerade ein Sondereinsatzkommando an.

Und plötzlich sind da auch jede Menge Paparazzi.

Scheiße.

Wenn es zu Ende geht, nehme ich diese verdammte Hure mit mir. Dann können wir beide in der Hölle schmoren.

Annie hat angefangen zu stöhnen. Sie sagt, ihr sei übel. Ich kann keine Kotze sehen.

Wenn ich Annie umbringe, wird sie auch nicht kotzen.

Ihr Handy klingelt wieder.

Ich brauche Zeit, um nachzudenken.

Nun klopft es an der Tür.

Annie stöhnt immer noch.

Ich werde sie zur Toilette bringen. Ich schwöre, wenn diese Schlampe irgendetwas versucht, breche ich ihr den verdammten Hals.

Jessica

Polizeilich beschlagnahmtes Beweisstück. Strafverfahren gegen Jessica Axe. Verhaftet am 3. November 2014.

OKTOBER 2015

Ich habe gerade dieses Gästebuch von der Polizei zurückerhalten. Seit dem letzten Eintrag scheint fast ein Jahr vergangen zu sein.

Ich bin der neue Besitzer des Willow Cottage und des angrenzenden Hauses. Das Geschäft mit den Übernachtungsgästen läuft sehr gut. Seit ich es vor drei Monaten übernommen habe, ist das Cottage fast jede Woche ausgebucht.

Dieses Gästebuch hier kam bei den früheren Gästen offenbar ziemlich gut an, darum ist es wahrscheinlich keine schlechte Idee, es wiedereinzuführen. Allerdings sehe ich das Diskretionsgebot verletzt, weil die Namen der Gäste darin erscheinen. Wenn Sie gerne etwas in das Gästebuch schreiben möchten, dann tun Sie das bitte, aber fühlen Sie sich nicht gezwungen, Ihren Namen zu nennen, außer es ist Ihr ausdrücklicher Wunsch.

Andrew Drake, 31. Oktober 2015

NOVEMBER 2015

6. bis 9. November

Freitag
Hetty und William Butterworth

Es ist schön, wieder hier zu sein. Nach unserer Hochzeit im April sind William und ich sechs Monate durch Südamerika, die USA, Kanada und Alaska gereist. Wir haben so viel Schönheit und so viel Armut gesehen. Meine Lieblingsorte, um nur ein paar zu nennen, waren Machu Picchu, die Galapagosinseln, New York, die Rocky Mountains und Alaska, vielleicht müssen William und ich eines Tages dort hinziehen. Nun machen wir hier für ein paar Tage Zwischenstation, um Freunde und Verwandte zu treffen, bevor es weitergeht auf das europäische Festland und schließlich in den Fernen Osten.

Es ist jammerschade, dass Annie nicht da ist, es fühlt sich nicht richtig an ohne sie. Ich vermisse sie.
Hetty

13. bis 16. November

Freitag

Es ist schon eine Weile her seit unserem letzten Besuch. Wir sind inzwischen umgezogen und haben den Job gewechselt. Es war ein ereignisreiches Jahr. Das Wichtigste war aber die Geburt unserer wunderschönen Tochter. Nach vielen, vielen Monaten wurde ich endlich schwanger und brachte unsere Poppy vor drei Monaten zur Welt. Ich war noch nie so glücklich.

Rosie Hamilton

Unser Leben ist jetzt perfekt. Ich fand es schon davor ziemlich perfekt, aber dann hielt ich Poppy in meinen Armen und wusste, dass mein Leben nun vollkommen war. Rosie hat nicht mehr aufgehört zu grinsen, seit sie von ihrer Schwangerschaft erfuhr. Falls das überhaupt möglich ist, denke ich, dass ich sie nun sogar noch mehr liebe.

Jake Hamilton

Das stimmt nicht ganz, in meinen schlaflosen Nächten ist mir das Grinsen vergangen. Obwohl ich sie nicht für eine Sekunde lang eintauschen würde.

Wo ist Annie?

Rosie

Wir haben uns so sehr darauf gefreut, Annie wiederzusehen und sie mit unserer bezaubernden Tochter bekannt zu machen.
Jake

Sonntag
Wir haben hier ein reizendes Wochenende verbracht und mit Poppy den Strand genossen.

Ich habe gerade ein paar Seiten in diesem Buch zurückgeblättert. Wo zum Teufel steckt Annie? Was ist mit ihr geschehen?
Rosie

20. bis 23. November

Freitag
Emily feiert an diesem Wochenende ihren Geburtstag, und sie hat sich gewünscht, ihn hier zu verbringen.

Ich dachte, es könnte vielleicht seltsam sein, Lucy an diesen Ort hier mitzunehmen, wo wir so viele Erinnerungen an Cara haben. Aber Lucy macht das ganz toll, sie ist eine super Unterstützung. Die Mädchen lieben sie. Ich liebe sie auch.
Matt

Augenblick. Du hast mir noch gar nicht gesagt, dass du mich liebst, aber du hast kein Problem damit, es in dieses Buch zu schreiben?

Lucy

Ich wollte mich langsam herantasten.

Ich habe quasi auf den richtigen Moment gewartet.

Matt

Ich liebe dich auch.

Lucy

Oooh, ist das nicht süß?

Emily

Sei still, du Küken. Ich weiß, du rollst gerade mit den Augen, weil du das peinlich findest. Ja, ich liebe deinen Vater.

Lucy

Das ist süß. Ziemlich peinlich, aber auch ziemlich süß. Du hast Dad wieder zum Lächeln gebracht. Das finde ich gut. Ich werde das jetzt nur dieses eine Mal sagen, und wenn du es gegen mich verwendest, muss ich dir wahrscheinlich die Augenbrauen abrasieren, aber ich liebe dich auch.

Emily

Oooh, mein Küken, das ist so schön!
Lucy

Werd jetzt nicht gleich sentimental. Ich liebe nämlich auch Robert Pattinson, Justin Bieber, Olly Murs und alle vier von One Direction.
Emily

Ich habe dich und Mia sehr lieb.
Lucy

Würg!
Emily

Wo ist Flitzer?
Mia xxx

Das ist eine gute Frage. Wo sind Annie und Flitzer?
Emily

Montag
Ich hatte ein wunderbares Wochenende mit meinen drei Lieblingsmädchen.

Annie, ich weiß nicht, ob Sie das hier lesen werden, niemand scheint zu wissen, wo Sie sind. Aber ich bin wieder glücklich. Ich hoffe, Sie sind es auch.
Matt

27. bis 30. November

Freitag

Wir sind in diesem Jahr schon zum zweiten Mal hier, und wieder bekommen wir Annie nicht zu sehen. Wo ist sie?

Die Mädchen lieben die Natur hier, besonders die Robbenkolonie draußen vor der Küste. Sie werden so schnell groß, ich frage mich, wie lange sie noch Spaß haben werden an ruhigen Strandurlauben und Ausflügen zu den Robben. Eigentlich hatten wir für dieses Jahr eine Reise ins Disneyland geplant, aber die Mädchen wollten unbedingt wieder herkommen.

Ha, wenn ich mir unsere alten Einträge durchlese, kann ich kaum glauben, dass Ben und ich wegen Barney in Streit gerieten. Wir beide streiten uns so selten, und es kommt mir geradezu lächerlich vor, dass wir ausgerechnet deswegen unsere erste richtige Auseinandersetzung hatten.

Barney hat vor ein paar Monaten eine sehr nette Frau namens Sally Jenkins geheiratet. Wir waren alle zur Hochzeitsfeier eingeladen. Ich hatte erwartet, Annie dort zu treffen, aber sie war nicht da. Ich mochte nicht nach ihr fragen, aber nun mache ich mir allmählich Sorgen, besonders nachdem ich die letzten Einträge vom vergangenen Jahr gelesen habe.

Rebecca Meecham

Wo sind Annie Butterworth und Mr. Butterworth? Ich habe das ganze Jahr Rechtschreibung geübt, und meine Lehrerin sagt, dass ich inzwischen sehr gut darin bin.

Max ist kein Welpe mehr. Er ist so groß geworden, dass Mummy Angst hatte, aus ihm könnte ein Pferd werden. Aber er liebt es nach wie vor, am Strand zu spielen.

Megan

Die Roben war tol

Isabelle

An alle, die nach Annie Butterworth fragen: Ich weiß nicht, wo sie ist. Ich weiß sehr wenig über meine Vorgängerin, ich hätte wohl mehr Fragen stellen sollen. Ich dachte bisher, Annie Butterworth wäre eine alte Dame, die gestorben ist. Ich werde mich im Dorf umhören, ob jemand etwas weiß.

Andrew Drake

DEZEMBER 2015

4. bis 7. Dezember

Montag

Ich bin hier, gesund und munter. Ich denke, es ist eine Erklärung angebracht, da einige meiner alten Stammgäste sich wahrscheinlich fragen, wie der Spontanbesuch von Jessica Axe endete beziehungsweise wo ich bin und was ich nun mache. Ich werde es Ihnen erzählen.

Lassen Sie uns zu dem Wochenende mit Jessica Axe zurückgehen.

Tatsächlich muss ich sogar weiter zurückgehen, zu dem Wochenende mit Judy Fisher, als ich Flitzer hinterherlief und in einen Graben stürzte, aus dem ich nicht mehr herauskam. Als das ganze Dorf eine große Suchaktion nach mir startete. Als Olly und ich endlich ein Paar wurden. Ich bin mir nicht sicher, was genau Olly zur Vernunft gebracht hat, wahrscheinlich hatte es mit Nicks Testament zu tun. Nicks Kosename für mich war »mein Glück«, er nannte mich ständig so. Während Judy es verwirrend fand, dass Nick sein Glück vermacht hatte, war Olly und mir klar, dass Nick in Wirklichkeit mich in Ollys Hände übergab. Oder vielleicht war das Testament gar nicht der Grund, der Olly und mich zusammenbrachte, vielleicht war es einfach der richtige Zeitpunkt, oder es lag daran, dass ich ein sexueller Tyrannosaurus Rex bin.

Annie

Ich habe tatsächlich meinen Tee ausgespuckt, als ich das gelesen habe.

Ich glaube nicht, dass es ein Fall von »Warum ich schließlich doch eine Beziehung mit Annie eingegangen bin« war, sondern eher ein Fall von »Warum bin ich nicht schon früher eine Beziehung mit ihr eingegangen, warum habe ich mich so lange dagegen gewehrt?«. Es lag nicht daran, dass ich Angst hatte, was die Leute denken könnten. Der Einzige, um dessentwillen ich mir Sorgen machte, war Nick, weil ich mich fragte, was er von Annie und mir halten würde, wenn er uns sehen könnte. Und ich fand es wohl irgendwie paradox, dass Nick sterben musste und ich von seinem Tod profitieren sollte. Aber als ich glaubte, Annie sei tot, war ich an meinem absoluten Tiefpunkt. Ich weiß, ich sollte das nicht sagen, schließlich habe ich meinen Bruder verloren, und ich habe ihn wirklich sehr geliebt, aber Annie … Gott, die Vorstellung, sie zu verlieren, hat mir fast das Herz zerrissen. Ein Leben ohne Annie war kein

Leben, das ich führen wollte. Und dann ging mir endlich ein Licht auf. Genau dieses Leben führte ich ja, solange ich mich weigerte, mit ihr zusammen zu sein. Was für ein Leben führte ich denn, wenn ich das, was ich am meisten begehrte, zurückwies, obwohl ich nur zuzugreifen brauchte? Das Testament, ha, Nicks alberner, sentimentaler letzter Wunsch, war nur das Sahnehäubchen, aber nicht der Auslöser. Es war schön zu wissen, dass ich Nicks Segen hatte, aber ich wäre auch so mit Annie zusammengekommen, unabhängig davon. Ich liebe sie, ich habe sie immer geliebt.
Olly

Und weil ich ein sexueller Tyrannosaurus Rex bin.
Annie

Ja, dafür auch!
Olly

Was Judy Fisher vor all diesen Monaten in das Gästebuch schrieb, war die Wahrheit, jedes einzelne Wort davon. Na ja, bis auf ihre Behauptung, Olly habe mich geschlagen. Ich kann nur annehmen, dass das Stöhnen, die dumpfen Schläge, die Schreie und das Splittern von Glas, die Judy Fisher gehört hat, von uns kamen, als wir Sex hatten. Wieder. Ja, wir haben uns an jenem Morgen gestritten, aber nicht darüber, ob wir eine Beziehung miteinander eingehen, das war beschlossene Sache. Vielmehr ging es darum, dass Olly seine Verlobung mit Vivienne öffentlich beenden wollte, während ich dagegen war. Ich wollte vermeiden, dass Vivienne vor der Weltpresse wie ein Depp dastand und ihre Beziehung mit Darcy publik wurde, bevor sie dafür bereit war. Also einigten Olly und ich uns darauf, unsere Beziehung heimlich zu führen, bis der richtige Zeitpunkt für Olly kommen würde, um mit Vivienne »Schluss zu machen«. Er besuchte jede Woche das Willow Cottage unter dem Vorwand, seine Autobiografie zu schreiben. Tatsächlich verbrachten wir die ganze Zeit zusammen im Bett, wo wir redeten, lachten, Pläne schmiedeten und uns liebten. Niemand wusste etwas davon, obwohl, wenn ich mir unsere Einträge aus jener Zeit durchlese, waren wir nicht gerade subtil.

Dann kam das Wochenende mit Jessica Axe. Eine Last-minute-Buchung, sie rief an und war eine Stunde später da. Die Bestätigung dafür zu finden, dass ihr Mann eine Affäre hatte, war schon schlimm genug für Jessica, aber zu erkennen, dass sie von ihrem Mann und seinem besten Freund hereingelegt worden war, übertraf alles. Dass Ryan nur mit ihr geschlafen hatte, um seinem Kumpel zu helfen, war für sie zutiefst deprimierend und demütigend, und das brachte sie endgültig um den Verstand. Sie ging auf Anthony los. Sie hat ihn nicht getötet, wie sie geglaubt hatte. Sie schlug ihn lediglich bewusstlos und … Na ja, ich möchte nicht zu sehr ins Detail gehen, aber ich bezweifle, dass Anthony jemals wieder Sex haben wird, nachdem Jessica ihm sein bestes Stück abgehackt hat.

Ich wusste, dass etwas nicht stimmte, als ich mit der Polizei telefonierte. Man warnte mich, dass Jessica sehr gefährlich werden könne. Man sagte mir, dass sie ihren Mann angegriffen habe, aber ohne mir Einzelheiten zu nennen. Man fragte mich immer wieder, wo Jessica sich aufhalte, aber das konnte ich natürlich nicht sagen, wie auch, wenn Jessica direkt neben mir saß und mich drohend anstarrte? Ich dachte eben, sie hätte panische Angst und dass ihr Mann sie vielleicht zuerst geschlagen hatte. Als sie mich zwang, im Cottage zu bleiben, damit ich nicht rüber ins Haus ging und der Polizei ihren Aufenthaltsort verriet, nun ja, das war ein bisschen beängstigend, aber ich habe keine Sekunde lang gedacht, dass sich das Ganze zu einer ausgewachsenen Geiselnahme entwickeln würde.

Als Olly auftauchte und mir simste, was er alles mit mir anstellen wollte, machte das die Sache nur noch schlimmer. Offiziell war er immer noch mit Vivienne verlobt, und so sah Jessica in Vivienne die arme, betrogene Frau und in mir die verlogene Hure. Die Polizei rückte an, die Paparazzi rückten auch an, obwohl ich nie erfahren werde, woher sie Bescheid wussten.

Ich sah, dass Jessica immer panischer wurde, und in ihrem Blick lag purer Hass. Ich sagte zu ihr, dass mir schlecht sei, und sie band mich schließlich los, um mich zur Toilette zu bringen. Ich stieß sie von mir weg, schnappte mir eine Bratpfanne und zog sie Jessica über den Schädel. Sie fiel um wie ein Sack Kartoffeln, und ich rannte zur Tür hinaus, direkt in die Arme von Olly.

Natürlich küsste er mich, leidenschaftlich, ohne dass es ihn kümmerte, wer alles zuschaute. Leider war die internationale Presse anwesend und hielt für die Öffentlichkeit alles in Bild und Ton fest. Die Zeitungen waren am nächsten Tag voll damit. Und die Welt wartete darauf, wie Viviennes Reaktion ausfallen würde. Olly und Vivienne hatten für die kommende Woche eine große »Trennung« geplant, die wir nun versehentlich beschleunigt hatten. Olly und ich gingen davon aus, dass Vivienne sich an das Drehbuch halten würde und in die liebevollen, fürsorglichen Arme ihrer besten Freundin Darcy fiel, bevor sie sich ein paar Monate später offiziell outete. Obwohl es nicht beabsichtigt gewesen war, dass Olly zum Schluss seiner »Beziehung« mit Vivienne als der Böse dastand, hatten wir alle bekommen, was wir wollten. Olly und ich konnten uns nun öffentlich als Paar zeigen, und Vivienne konnte mit Darcy zusammen sein. Die Klatschreporter verfolgten uns tagelang, und der arme Olly wurde in der Presse ganz schön verrissen.

Dann gab Vivienne ein Exklusivinterview, das live ausgestrahlt wurde. Aber statt wie angekündigt ihre Reaktion auf Ollys Seitensprung zu beschreiben, legte sie eine volle Beichte ab: dass die ganze Beziehung mit Olly ein Schwindel gewesen sei, dass sie Olly zu dieser »Verlobung« überredet habe, dass sie zu viel Angst gehabt habe, sich vor der britischen Presse als lesbisch zu outen und ihre Liebe zu Darcy öffentlich zu machen, aber dass sie sich nun nicht länger verstecken werde. Sie stellte Olly sogar als einen Helden dar, weil er gezwungen gewesen war, seine Beziehung mit mir monatelang geheim zu halten. Die Paparazzi klebten uns danach wieder tagelang an den Fersen und ließen uns schließlich in Ruhe.

Bis zu unserer Hochzeit. Da zeigten sie wieder großes Interesse an uns.

Und was ist aus Jessica Axe geworden? Nun, sie wurde verhaftet und wegen schwerer Körperverletzung und Geiselnahme angeklagt, aber zum Glück war es offensichtlich, dass die Frau völlig verstört war, und sie erhält inzwischen eine dringend benötigte Therapie und seelische Betreuung. Viele Menschen in ihrem Freundeskreis und Familienangehörige haben sich dafür verbürgt, dass Jessica normalerweise eine sehr vernünftige und besonnene Person ist. Ihr Prozess beginnt nächstes Jahr. Ich werde nicht als Nebenklägerin auftreten, obwohl sie mich gekidnappt und bedroht hat. Ich bin mir sicher, jeder von uns kennt solche Momente, in denen man einem anderen am liebsten an die Gurgel springen und ihn zu Tode würgen würde. Ich selbst hatte einen solchen Moment, nachdem mein jetziger Ehemann mich in Wales angerufen hatte, um mir mitzuteilen, dass mein Cottage in Flammen stünde. Als ich dann nach einer siebenstündigen Autofahrt feststellte, dass er mich angelogen hatte, löste das jede Menge Tötungsfantasien in mir aus. Die meisten von uns sind so vernünftig, solche Fantasien nicht in die Tat umzusetzen, aber Jessica Axe hatte an jenem Wochenende jegliche Vernunft verloren, und ich hoffe, dass der Richter das berücksichtigt und sie nicht für einen Moment des Wahnsinns bestraft.

Annie

Du bist viel zu weich. Ich persönlich würde sie für den Rest ihres Lebens ins Gefängnis stecken.

Olly

Olly!

Annie

Diese Wahnsinnige hätte fast meine Frau umgebracht. Das kann ich ihr nicht so leicht verzeihen.

Olly

Und ja, ich bin nun mit Olly verheiratet, und ich könnte nicht glücklicher sein. Kommendes Neujahr feiern wir unseren ersten Hochzeitstag.

Und genau wie Hetty und William gingen auch wir auf Reisen. Wir trafen die beiden sogar, in Chicago, und danach wohnten sie eine Weile bei uns in New York. Aber durch meine Schwangerschaft mussten Olly und ich unsere Reise vorübergehend unterbrechen, und wir kehrten nach London in Ollys Wohnung zurück.

Jetzt bin ich also dick. Ich schwöre, wenn ich nächste Woche ein Kalb zur Welt bringe, wird mich das kein bisschen überraschen.

Annie

Mich aber. Auf dem Ultraschall war nichts von einem Euter oder von Hörnern zu sehen.

Und du bist nicht dick, du bist die schönste Frau der Welt. Die warst du immer, und die wirst du immer sein.

Olly

Aber trotzdem immer noch nicht sexy genug, um in einem deiner Romane mitzuspielen, oder?

Annie

Was, eine dicke Annie Butterworth? Keine Chance.

Du weißt, ich liebe dich, und nun gibt es noch mehr an dir zu lieben.

Olly

Das Baby müsste jetzt eigentlich jederzeit kommen. Wir haben uns für das Wochenende im Cottage einquartiert, weil wir dachten, dass wir unser Neugeborenes dann allen unseren Verwandten und Freunden präsentieren können. Falls das Baby bis zum Montag nicht herauskommt, wird am Dienstag die Geburt eingeleitet.

Tatsächlich hätte ich nichts dagegen, mein Kind hier im Cottage zur Welt zu bringen, das würde irgendwie passen.
Annie

Unser Kleiner wird nicht in diesem Cottage auf die Welt kommen, sondern in der Klinik, wo Ärzte und Medikamente und Geräte bereitstehen, falls irgendetwas schiefgeht.
Olly

Es wird nichts schiefgehen. Und wer sagt, dass es ein Junge sein wird?

Wir haben alles versucht, um die Wehen auszulösen. Ich habe scharfe Curry-Gerichte gegessen, lange Spaziergänge unternommen, heiße Bäder genossen, und wir hatten sogar Sex, was die lustigste Erfahrung war, die ich jemals gemacht habe, wir mussten die ganze Zeit lachen. Aber alles ohne Erfolg. Das Baby scheint ganz zufrieden damit zu sein, in meinem Bauch zu bleiben, wo es schön warm ist.

Ich gehe jetzt ins Bett. Ich muss meine Kräfte schonen, damit wir morgen wieder Sex haben können.
Annie

Wirklich?
Olly

O ja. Ich bin momentan richtig scharf.
Annie

Oh, na schön, wenn es sein muss.
Olly

Als wäre das ein Opfer für dich. Du warst doch derjenige, von dem der Vorschlag kam, dass Sex die Lösung sein könnte.
Annie

Nur um das Baby zu animieren, dass es herauskommt. Das geschah völlig uneigennützig.
Olly

Ja, klar. Komm und massier mir den Rücken, er fängt schon wieder an zu schmerzen. Vielleicht geht es jetzt los!
Annie

Unser Baby wird hier nicht zur Welt kommen.
Olly

Samstag
Shit, Shit, Shit!
Olly

DANKSAGUNG

So viele Menschen haben mir geholfen, dieses Buch in die weite Welt hinauszutragen. Ich möchte allen Beteiligten danken, hier sind leider nur ein paar davon:

Meiner Mutter, weil sie jedes Wort, das ich geschrieben habe, hundertmal Korrektur liest, und das immer mit Begeisterung.

Meinem Vater, weil er seine geliebten Thriller zur Seite legte, um diesen Roman hier zu lesen, und weil er an den richtigen Stellen lachte und weinte und am Ende total begeistert war.

Meinem Bruder Lee und meiner Schwägerin Julie für all ihre Unterstützung, Leidenschaft und Motivation.

Gareth und Mandie George, weil sie die besten Freunde sind, die man sich nur wünschen kann. Ihre Unterstützung und Liebe bedeuten mir unheimlich viel.

Verity Davenport, weil sie alles bereitwillig las und mir mit ihrem Rat unermüdlich zur Seite stand.

Arron Davenport, weil er mir einen Laptop schenkte, als meiner mitten in der Arbeit an diesem Buch seinen Geist aufgab.

Jac und Mark Rumsey, weil sie mit mir fieberten und mir geduldig zuhörten, wenn ich bei jeder Gelegenheit über mein Buch plapperte.

Der wunderbaren Autorin Belinda Jones, weil sie in meinen Texten etwas sah und mir half, meinen Traum zu verwirklichen, indem sie meinen Roman *Wenn du mich fragst, sag ich für immer* in ihrem Erzählband *Sunlounger* veröffentlichte, und weil sie für mich kämpfte und mir mit ihren Empfehlungen, ihrem Einsatz und ihrer Freundschaft in den letzten neun Monaten zur Seite stand.

Der fabelhaften Sharon Sant, weil sie mein Rückhalt war in dem ganzen Prozess vom Schreiben bis zur Veröffentlichung. Ich glaube nicht, dass ich ohne sie durchgehalten hätte.

Den wunderbaren Buchbloggerinnen Kirsty Maclennan, Victoria Stone, Megan Wood und Erin McEwan, weil sie sich aus Begeisterung für dieses Buch unermüdlich dafür eingesetzt und jede Gelegenheit genutzt haben, um die Werbetrommel zu rühren. Diese großartigen, liebenswerten Frauen sind eine wahre Bereicherung in meinem Leben.

Meiner brillanten, geduldigen Agentin Madeleine Milburn, weil sie keine E-Mail von mir unbeantwortet ließ und mich immer wieder beruhigte.

Der zauberhaften Aven Ellis, weil sie meine Freundin ist.

Hazel Osmond, weil sie mich ermutigte, nicht aufzugeben, und mich enorm unterstützte.

Den fantastischen Autorinnen von Carina, weil sie sich die Zeit nahmen, mir während des ganzen Projekts mit ihrem Rat zur Seite zu stehen.

Außerdem die Menschen, die mich ermutigt, unterstützt, und angespornt haben oder die mir zuhörten: Lisa Dickenson, Jaimie Admans, Jack Croxall, Dan Thompson, Rosie Blake, Jodie und James Brown, Zoe Markham, Lee Marsh, Nancy King, Tor, Jess Bickerton, Kelly Rufus, Jo Hurst, Sharon Benjamin, Sharon Wilden, Pernille Hughes, Kate Gordon, Kiri Mills, Trish H., Laura Lovelock, Carolyn Aspenson, Louise Wykes, Pat Elliott, Louise Marley, Janet Emson und so viele mehr – danke.

Außerdem einen herzlichen Dank an alle, die mein Buch gelesen haben und sich die Mühe machten, mir ein positives Feedback zu geben beziehungsweise eine Rezension zu schreiben.

Und schließlich einen Dank an die wunderbare Lucy Gilmore, meine reizende Lektorin, die sich genauso sehr in *Küss mich noch ein erstes Mal* verliebt hat wie ich, sowie an das fantastische Team von Carina, das für die Publikation verantwortlich war, besonders an die Mediengestalter, die mit dem verzwickten Layout zurechtkommen mussten.

Danke, ich liebe euch alle.